U0041716

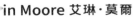

in Moore 艾琳·莫爾　　　　　　　　劉泗翰／譯

ENG THAT'S NOT S!

itishisms, Americanisms,
d What Our English Says About U

這不是英語

語言看
美文化差異的
一手觀察誌

目次

序言

　　看了艾琳·莫爾的書，我突然發現一個偉大的事實：原來我從小就是學習兩種語言長大的。倒不是我那兩位住在倫敦的雙親大人在這方面做了些什麼，可是他們是第一代擁有電視的英國人，而且覺得這是老天爺賜給人類最大的福祉，所以他們從來（連一分鐘都沒有）就不曾考慮過可以關掉電視。關於電視呢，我從小就學會了四件事：

1. 電視從來不關。
2. 美國電影拍得比英國電影要好。
3. 在電視機前面跳來跳去，企圖吸引父母親的注意，不但幼稚，而且一點用也沒有。
4. 美國電視比英國電視好看。

　　於是，我從小就看著「鬼頭天兵」（*Bilko*）、「父子情深」（*My Three Sons*）、「我愛露西」（*I Love Lucy*）、「淘氣阿丹」

（*Dennis the Menace*）這些美國電視劇長大。我看得很開心，畢竟劇中的對白並不難理解——只要你知道他們的糖果叫做「candy」而不是「sweet」，他們的人行道是「sidewalk」而不是「pavement」，他們的小孩子開口說話第一個字都是「Gee」。誠然，在電視上那些美國人充滿陽光的家庭生活跟我本身的經驗可是一點也扯不上邊：我們沒有籬笆，沒有巨型的大冰箱，而且還有迥然不同的氣候。可是不言而喻，他們的生活就是比較愉悅的現實，而我們卻像是生活在平凡灰暗的陰影裡。難怪我從小就相信美國生活是衡量一個人自身不足的唯一標準。七歲那年，我讀了一篇童話故事，裡面講到一名流亡國外的國王和他的女兒，故事中那位國王大喊著：「難道我們的血不是藍色的嗎[1]？」於是我跑去問我媽媽（她當然在看電視），拉拉她的臂膀。「媽，」我說。「美國人的血是什麼顏色的？」

當然，會說兩種語言，只是一種假象而已。其實，我並不會說美式英語。我第一次在一家真正的美式餐廳裡聽到女服務生對著我大聲問：「妳要 *links*？還是要 *patties*[2]？」我聽得一頭霧水，簡直要哭了出來，只能很無力地說：「我只是要點一根

1　譯註：英文中的「blue blood」表示有貴族血統的意思。
2　譯註：在美國南部各州，美式香腸常分為「links」和「patties」，前者為長條狀，有腸衣包覆；後者則製成圓餅狀，不一定有腸衣。

香腸而已。」同樣的，在艾琳・莫爾搬到英國之前，她也自認為是個懂英語的人。畢竟她在紐約替英國作家編輯了好幾本書，也常常去英國，還有在英國出生長大的姻親；然而，這些都不足以讓她應付每天都會遭遇到的誤解與文化差異，英式英語和美式英語之間的區別始終糾纏不休。誠如這本書非常完美地呈現出來的情況，這還不只是詞彙上的差別：首先，詞彙只是更多、更深層差異的表徵而已；其次，如果你說得不夠精準，就仍然算是不合格，所有的努力也付諸東流。就拿「cheers」一詞來說吧。

英國人用這個字來表示「謝謝」或是「再見」時，是從嘴角兩側發出類似「chis」的聲音；但是美國人沒有注意到，不管他們是在舉杯祝賀或是比較不正式的隨意道別時，反而唸成「cheers」──不但露出牙齒，而且「r」的捲舌音也唸得太重，隱含了驚嘆的意味。一位住在紐約的英國銀行業者就抱怨說：「我真受夠了客戶跟我說『cheers』！美國人說『cheers』簡直就像是『歡樂滿人間』（*Mary Poppins*）裡面的迪克・凡・戴克。」

如果你是英國人，曾經因為聽到美國人跟你說他「相當」喜歡你而感到困惑不解（顯然他表示非常喜歡你，並非只是客套地不想有話直說），或者你是美國人，只要一聽到奇怪的英國人喊著「cheers」就到處尋找不存在的琴湯尼調酒，那麼你

一定會覺得這本書裡講到的異化，真是說到你的心坎裡了。藉由一個又一個麻煩的字眼，艾琳．莫爾深入探究更多你甚至聞所未聞的文化差異。有關「恰當」（proper）一詞的討論，讓我們了解什麼才是「真正」（proper）的英式早餐（當然與patties一點關係都沒有），同時又講到了丹尼餐廳（Denny's）早餐菜單上的新品：花生奶油巧克力煎餅套餐——聽起來像是把心臟病直接送到眼前來，不過也很可能值得一嘗。同樣的，在討論到「老兄」（dude）一詞時，她也有一段精采的離題發揮，講到英國腔如何震懾美國人的虛假力量，也推測何以英國人始終無法接受「老兄」一詞的原因——不論他們聽過了多少次。

到了這本書的結尾，你會（跟我一樣）對我們兩國之間的長久情誼竟然能夠克服長期以來的彼此不理解而感到驚異不已。為什麼沒有因為簡單的誤解造成國際糾紛？是因為我們在認為有誤解時彼此都太客氣，所以沒有說出來嗎？幾年前，我在宣傳一本書的時候到美國跑了一趟，當時在全國公共廣播電台（National Public Radio）的一個現場節目中，我提到了英國作家金斯利．艾米斯在講到保留文法規則時最著名的比喻：「笨蛋」（berks）及「討厭鬼」（wanker）[3]。「那麼，琳恩，妳覺

---

3 譯註：金斯利．艾米斯（Kingsley Amis）在他的著作《國王的英文》

得自己是笨蛋還是討厭鬼呢？」嚴肅的主持人問道，顯然心裡完全沒有惡意。當然，在英式英語中，這兩個字都不是什麼好字眼，但是後者更是粗鄙，等於是男性「手淫」或「自慰」的另外一種更不堪的說法，你自然不會期望一位有教養的英國女士用這樣的字眼來討論一些過時的英文用法，比方說，用介系詞當作句子的結尾。然而，我是在現場播出的節目中，而主持人又絲毫不扭捏地問了這個問題，所以我也只能接話回答。我解釋了艾米斯說的「傻瓜」和「討厭鬼」是什麼意思，同時在心裡暗自祈禱著在美式英文裡「wanker」一詞沒有什麼意義或者只是指一些無傷大雅的人或東西，比方說，「小丑」。

很多人都知道，飛越大西洋兩岸可能相當不舒服——而「相當」一詞又不一定是你心裡所認定的意思，這一點更是雪上加霜。身為英國人，我甚至兩者都可以（不無憤慨地）接受。我可以說：「你相當確定嗎？」——表示「你確定嗎？」；但是我也可以聳著肩說：「嗯，我只是相當確定。」——表示

（*King's English*）一書中提到：「英文文法世界，分成兩派——笨蛋及討厭鬼。笨蛋對語文過分懶散，把英語交託給這些人，最後會像後期的拉丁文一樣，因為太不純正而湮沒。而把英語交託給討厭鬼，對一切過分執着，英語就會像中世紀拉丁文一樣，因過分精細而死亡。」但是「berks」一詞源自東倫敦考克尼（Cockney）方言，指稱女性的生殖器；而「wanker」則是指自慰的男性，二者都是粗鄙的字眼。

我一點也不確定。我完全可以理解別人會覺得我有這樣的語言傲慢，對於因此造成的困擾，也只能說抱歉了。難怪英國人在海外是公認最難搞的客人，因為我們說出口的話，從來就不是心裡真正的意思，而心裡真正的意思又從來不說出來。我們看起來一定像是路易斯・卡羅筆下《愛麗絲鏡中奇緣》（*Through the Looking Glass*）中的那個矮胖子（Humpty Dumpty）：

「問題是，」愛麗絲說，「你可不可以讓文字有那麼多不同的意思。」
「問題是，」矮胖子說，「誰說了算——如此而已。」

可是我很高興這麼一個狡猾又棘手的難題讓艾琳・莫爾寫出了《這不是英語》一書。這位風趣幽默、聰明慧黠，而觀察力又敏銳到令人有些憂心的作者，寫了這本精采的指南，娓娓道出英語的兩個分支之間的差異，從頭到尾都讓我驚艷不已。身為一個英國人，我會說：「喔，做得啵棒的（Oh, jolly well done）！」不過，我也想再加一句：「幹得好（Good job）！」

——琳恩・特魯斯

導言

英國和美國是由一種共同的語言分割而成的兩個國家——這種說法由來已久，但是出處則不一而足，從蕭伯納到王爾德都有。姑且不論這句話是誰說的，這種廣為流傳的說法其實小看了這個問題。我認識一些美國人，只懂幾句阿拉伯文就在中東大張旗鼓地創業做生意；懂的法文還填不滿一個閃電泡芙，卻也能在巴黎轟轟烈烈地談一場戀愛。那麼，為什麼美國人來到了英國——一個語言完全相同的國度——卻覺得如此難以融入呢？又為什麼曾經在地球最遙遠的角落建立龐大帝國的英國人，會覺得美國如此陌生呢？

在英式英語和美式英語之間看似表面的差異底下，其實有更深層的歷史與文化分歧，不是那麼容易跨越的。搬到英國的美國人就像是卡通裡面的大野狼（Wile E. Coyote），總是跑著、跑著就從懸崖跌到半空中，本來還不以為意，直到他發現少了一點什麼，這才出了問題；而少的那點什麼，正是腳下的土地。有份不太科學的調查顯示，一般的旅外人士大概要在六

個月後，才會有那種跌落深淵的感覺。

　　從紐約搬到倫敦八年之後，我仍然有那種大野狼的感覺。英國人聽到美國人在遊戲場上替孩子們加油時，總是忍不住莞爾，因為他們只有在小孩子大便時才會說「Good job」；同樣的，美國人聽到英國人喊著「Well done」的時候，也會不禁想笑，因為那是鄉下老土在餐廳點牛排時說的話。美國人一聽到什麼「scheme」（方案），就自動警惕起來，因為在美式英語裡，這個字眼有邪惡的含義，而英國人卻毫無警覺地談論他們的「退休方案」或是「薪資方案」。我有位美國朋友在她們公司的倫敦辦事處裡不經意地引起哄堂大笑，因為她說：「我真的必須讓我的 *fanny* 到運動中心動一動了。」（如果你不知道這有什麼好笑的，請參閱第53頁的「便服」一節。）你甚至不需要講到排洩物或是跟色情有關的事，就已經不小心得罪了別人。在某些英國家庭裡，講到沙發，如果不用「sofa」，而是用「couch」一詞（或者更慘，用了「settee」），可能會被安上階級歧視的罪名，但是你只有在不小心觸犯了這些微妙的敏感神經之後，才會發現自己說錯話了。對美國人來說，他們沒有這樣的社會地雷，所以他們可以大搖大擺地無知下去，但是每一個旅居海外的美國人都知道，無知並不是一種幸福。

　　至於客居美國的英國人則比較不會犯這種失禮或失態的錯誤，因為他們大多都已經從電視、電影、廣告和其他文化輸

出上，看到也學會了美式詞彙與發音；儘管如此，實際來到美國，仍然不免暈頭轉向。不只是因為美國人對英國人的特質已經有某些既定的刻板印象，同時也因為英國人自己對美國人既有的刻板印象在一開始的時候不斷地遭到衝撞與挑戰，讓人覺得疲憊不堪。我們低估了在同樣講英語的國家之間旅行可能遭逢的文化衝擊，結果只是咎由自取。等到新鮮感消失了之後，思鄉情緒就來得又快又猛。沒有什麼可以被視為理所當然的。

　　英國和美國之間存在著對彼此的崇拜與仇視。這樣的緊張關係非但不容易消弭，而且還會持續累積。英國國家廣播公司（BBC）請大家提出他們認為最受詬病的美式英語，結果意見如雪片般飛來；反之，《紐約時報》（*The New York Times*）則報導說美國人「對英式英語感到痴狂」。這種語言上的差異，在詞彙方面表現得最為明顯，讓我們得以更深入地探討我們的思維方式與自我認同。同一個字，在英國和美國，可能會有不盡相同、甚或完全相反的意義（如：quite、proper、middle-class）；有些字只存在某一邊的英語之中，而另外一邊則沒有（如：mufti、bespoke、dude）；有些字在一個國家備受吹捧，而在另外一國則遭到謾罵（如：whilst、awesome、shall）；還有一些字則是在一國有另外一國所沒有的弦外之音（如：sorry、smart、ginger）。有些字眼聽起來是灰熊、灰熊英國的，但是美國人卻不顧三七二十一地借來用了，而且還愈

來愈常見，甚至不知道自己說了些什麼（如：bloody、shag、bugger、cheers、godsmacked）。

對於講英文的人來說，這些差異可能很有趣、很惱人，或是很困擾，但是有一點是確定的：不管我們走到哪裡，這些差異都如影隨行，成了我們的標籤。這倒不失為一件好事，因為語言的差異成就了我們的個人與文化認同，不但本身就很有意思、很有價值也很好玩，而且也像是登山路徑上的指標。如果你忽略或是沒有注意到這些差異，那麼你講的可能就變成了完全不一樣的語言，當然會有墜入五里霧中的感覺。這本書是一本英美文化差異的指南，以語言為鏡，探索我們使用的文字如何表現我們的特質及其背後的成因；這本書也是一本具體而微的文化史，更是旅外人士的生存指南——不論是旅居美國的英國人或是旅居英國的美國人。

喬．昆南曾經寫道：「哈英族跟色情一樣，都是一種你很難用言語形容的事情，但是如果你一看到，就會知道。」我向來就是一個像那個樣子的美國人，這也算是家學淵源。我奶奶給我一本關於英國皇室的立體書，還跟我講述了許多她們住在科滋渥時的故事，想必那是我爺爺在一生空軍軍旅生涯中最喜歡的一個服役地點，也是他過得最舒適的一段生活。五歲那年，我一大清早就把我媽從床上挖起來，看黛安娜王妃的婚禮轉播；我到現在都還記得當時穿的那件睡衣。十六年後，換成

我媽把我叫醒，跟我說了在巴黎發生的那起意外消息。對某一群美國女人來說，或許看起來不太真實，或許有點傻氣甚或難堪，但是這些事件確實是我們孩提時代的重要里程碑；對我們這群天沒亮就起床看著黛妃走進結婚禮堂的人來說，我們心中充滿希望與輕信童話的那個部分，也隨著她葬禮的送終隊伍死亡了。

如今，全世界的新世代都喜歡看皇室，也讓紀念品的製造商趁機大撈油水。英國人確實有許多值得讓他們感到自豪之處，近年又剛剛慶祝劍橋公爵與夫人的婚禮，在自家國土上舉辦了奧運，女王登基的鑽禧慶典，還有未來國王的誕生。在美國的哈英族也達到有史以來的新高；你一看到，就會知道。

自從坐在奶奶的大腿上接受情感教育，已經悠悠過了三十餘載；我在美英兩地的大學念完十九世紀英國文學，又嫁入了一個英／美混合家庭，並且實現了成為英美雙重公民的夢想之後，請容我告訴你：在英國生活真的會耗損一個人的哈英情懷。我以前喜愛的英國不是英國本身，而是理想中的英國。我現在的感覺雖然仍屬正面，但是卻複雜了許多，主要依附在特定的人、經驗以及跟我先生湯姆和兩個孩子安妮與亨利共享的倫敦日常生活環境。誠如在我搬來的第一年，在生活充滿艱辛顛簸的時候，有位好心人跟我說的：搬到一個新的國度還真的非常（jolly）辛苦！住在英國的美國人始終都覺得自己是外

地人，而且還未必完全得到別人的賞識──或是歡迎。這也不無道理，因為旅居海外的美國人，尤其在倫敦，根本就一文不值，而且很多年來一直都是如此。在休・沃波爾一九二五年出版的作品《一位紅髮男子的畫像》（*Portrait of a Man with Red Hair*）中，一位客居異鄉的美國人哈克尼斯在火車上聽到一個英國人跟他說：「美國人那樣糟蹋我們的國家，如果由我作主的話，一定要他們繳稅。」

「我就是美國人哪！」哈克尼斯無力地說。

那些到英國度假的美國人或許會感到很意外；他們到英國來，過了幾個星期魯莽的生活，探訪他們預期會發現的事物：傳說中的禮貌與保守、過於自吹自擂的沉著堅強、守護倫敦塔的衛兵、大烏鴉、雙層巴士、從不出錯的倫敦計程車司機、莎士比亞、溫熱的啤酒、酒館裡的午餐，還有下午茶。打勾，打勾，打勾，打勾。所有的刻板印象都得到印證，最後還有一點點時間去哈洛茲百貨公司血拼，然後再趕赴希斯洛機場搭機回家。在此同時，有位英國朋友提出了一個極有見地又有說服力的看法，他說英國人不論在文化上或氣質上，其實都更像日本人，而不是美國人。因此，一位外地人即使在這個國家住了幾個月甚或幾年，還是有可能無法穿透表層，深入了解本地人真正的生活與思考方式，還有他們說的話究竟是什麼意思。雖然隨著時間累積，我們會逐漸開始發現還有多少是自己不知道的

事情，但是這樣的認知其實也有幫助。我們兩地英語中的相似之處可能會誤導我們，反而是差異才會指引我們方向，協助我們最後終於了解自己所處的地位。

　　直到十九世紀，都還有人擔心這兩個國家會喪失彼此溝通的能力。諾亞・韋伯斯特就曾經預測：總有一天，美式英語會跟在英國講的英語變得很不一樣，一如瑞典語、荷蘭語跟德語漸行漸遠。所幸，這樣的情況並未發生，反而出現了手足之間的激烈競爭。英國扮演冷靜自持的大姐，一直努力忽略麻煩的小美國已經長大的事實，大到已經可以逼得她走投無路。

　　考量到他們的歷史淵源，說美國人其實並不是一直都這麼崇尚英式英語，應該也不會讓任何人感到意外。在一九二〇年代初期，孟肯[1]就對英語新詞和使用這些新詞的那一小撮「戀英派」階級人士嗤之以鼻；他說，大部分的美國人都認為英國的一切都矯揉造作、沒有男子氣概，又可笑至極。不過，早在美國觀眾迷上休・葛蘭和丹尼爾・克雷格之前，孟肯說：「反而是劇場提供了這些沒有出過國的哈英族有穩定供應的英國腔，包括英式詞彙和英式發音……因此，某個住在賓州阿爾圖納或是喬治亞州雅典市喜歡趕時髦、追逐英國風的美國人，才

1　編按：H. L. Mencken（1880-1956）美國記者、文化評論家，也是美式英語學者。

會知道如何握手、喝湯、跟朋友打招呼、進入起居室，甚至正確地唸出像路徑（path）、祕書（secretary）、憂鬱（melancholy）和必要（necessarily）等詞彙的發音，他們無非是模仿某位美國演員模仿某位英國演員模仿某位住在梅菲爾區的人說話的樣子。」如果這樣的評論看似沒來由的嚴苛殘酷，那麼不妨想想這話是什麼人說的；畢竟絕少有美式英語的支持者像孟肯這樣充滿自信，或是像他一樣堅定信仰美國式的個人主義。

信不信由你，曾經有一段時間，英國遊客還曾經對美式英語稱讚不已呢。就在美國建國初期，在那裡講的英語聽起來非常之古意盎然──沒有自創一些新詞來污染國人。可是不久之後，美國人也開始有了他們自己的新詞──諸如：「快樂化」（happify）、「共結盟」（consociate）、「糟粕性」（dunderment）等等──在英國人耳裡聽起來都荒謬至極。不過，當時的美國還太新、太年輕，尚不至於威脅到他們的文化和語言。

現在，就沒有什麼人喜歡美式英語了。從第一部有聲電影開始（早期美國電影開始大舉入侵時，常會先譯成英式英語），焦慮從那時就開始蔓延，擔心美式英語的影響力。英國國家廣播公司第四廣播網「今日」（Today）節目中備受尊崇的主持人約翰・韓佛瑞斯就坦承，儘管英國人一再地跟自己說（法國人更常這樣說），他們的語言已經變成世界的第二語言，但是他們都知道真正的國際通用語言其實是指美語，自然

而然地會產生一股怨氣，覺得「我們的前殖民地偷走了我們的光環……這個語言本來就是『我們的』，因此他們對這個語言所做的任何事情都一定是非法變造。」這也難怪直到現在還有一些人認為在英國講的英語才是母語，而在美國講的英語只是任性的孩子。其實不然。今天的英式英語就跟美式英語一樣，都是從十六世紀的英語演化出來的一種方言，沒有哪一個可以自稱比另外一個更接近其源頭。

　　現在我們僅存的虛榮感，就只剩下一些小小的差異了，因此比以前更專注在這些差異之上。我們可能會以為：愈來愈便捷的海外旅行以及流通的國際新聞都有助於弭平語言中的這些差異，但是卻反而讓我們更意識到這些差異，說來還真是諷刺。英式英語和美式英語互相激盪，不論你是予以擁抱或是刻意迴避，多半都是有自覺的行動。英文書籍或是電視節目進入美國市場之後，總是固定會經過重製，以適應美國閱聽人。哈利波特的套頭毛線衣（jumpers）和比司吉（biscuits），到了美國就成了毛衣（sweater）和曲奇餅乾（cookies）；「辦公室風雲」（*The Office*）乾脆請美國演員（還有他們滿嘴的美國腔）來重拍。出版社和製作人都聲稱他們改編是為了讓英國出口的產品更容易被接受，但是很多美國人厭惡這樣的作法，反而更渴望搜尋原版作品。如果他們不是為了尋找浸淫在異國文化的機會，想要了解異國的特色與風情，又何必這樣做呢？更不要

說是厚顏無恥地借用詞彙來強化他們的文化威望——姑且稱之為「經典劇場症候群」（Masterpiece Theatre Syndrome）吧。移植到美國之後還能或多或少完整存活下的節目——例如「唐頓莊園」（*Downton Abbey*）——就是如此，因為這些節目與其文化背景密不可分，而這正是美國人熱愛它們的原因。（正如英國觀眾喜愛一些經典美國電視劇，如「火線重案組」〔*The Wire*〕和「絕命毒師」〔*Breaking Bad*〕等。）要到什麼時候這些出版社與好萊塢製作人才會知道這些差異本身就有其價值，而不再荼毒它們呢？反之，我們應該好好地頌揚它們，而我所謂的「頌揚」，可絕對不是「模仿」。

　　在本書中，我會糾正一些關於英美兩國常見的錯誤觀念，還會解釋一些幽微的差異，這些往往是參加十日旅行團的遊客在走馬看花時會忽略掉的地方。其中一個最重要的誤解就是英國或英格蘭（England）與不列顛（Britain）或聯合王國（United Kingdom）之間的差別。大不列顛包括三個國度：英格蘭、蘇格蘭和威爾斯；而聯合王國，除了大不列顛之外，則還包括了北愛爾蘭。所以只有來自英格蘭的人——這是聯合王國裡最大的一個國度，占總人口的百分之八十四——才是英格蘭人（English）；而英國人（British）則可能是蘇格蘭人、威爾斯人、愛爾蘭人（來自北愛爾蘭）或是英格蘭人。同樣的，美國人雖然可以容忍英國人稱他們為「洋基佬」（Yankee），

但其實他們對這個字有更狹隘的定義，而且還因地域不同而有所出入。南方的美國人用「洋基佬」來形容北方人，而北方人則用以形容新英格蘭人——只有這裡的美國人才會自認為是「洋基佬」。（更多相關內容，請參閱第233頁的「洋基佬」一節。）英美兩國都是多元化的國度，有許多不同的地方口音與方言，更別說各地域在詞彙上有不同的用法，這些差別都不可能一一詳述；不過，我們還是可以概括歸納到一定的程度，而這正是我的作法。任何人想要尋找真相，總得從某個地方開始著手。

我保證不偏袒任何一方——因為講到手足，唯有如此才會公平。我的忠誠跟我的語言一樣，都是橫跨大西洋兩岸的；我拒絕選邊站——至少不會永久地選擇某一邊。同時我也拒絕放棄我的美國腔，雖然我也接納了一些新詞彙，而且也稍稍修改語法結構以適應環境。使用英式拼法，就算沒有到背叛祖國那麼嚴重的程度，總還是覺得拼錯了。我公公完全能夠理解；他在搬到美國近四十年後，依然保留他的英國腔，可是他的兄弟姊妹還是取笑他說，他們覺得這是徹底的背叛。有個（美國）小孩曾經跟我婆婆說：「很遺憾莫爾先生有這種殘疾。」——指的是他有趣的口音；在一九八〇年代亞歷桑納州的土桑市，這是很少人罹患的一種語言殘疾。我很想說，旅外人士過得真是辛苦，但是這並非事實；我想我們看到了兩個文化最好的一

面才對。

　　身為專替美國讀者尋找並出版英國書籍的前編輯，我深諳這樣的文化張力會產生多麼豐碩的成果。我是一名熱情又好奇的讀者，也善於觀察別人說話和我們彼此理解──或是誤解──的方式。這個主題是個活動箭靶，也極度主觀，所以有時候你一定會有跟我不一樣的看法；我只是希望這本書有助於美國人和英國人的溝通，或者至少能夠了解為什麼無法溝通。

　　如果你熱愛語言到願意為其爭辯的程度；如果你喜歡旅遊、喜歡宅在家裡或是喜歡其他的事；如果你正考慮搬到英國或美國；如果你自認是哈英族；或者你若是曾經想過：為什麼沒有一個類似的大字來形容那些熱愛美國的英國人（哈美族〔Americanophile〕聽起來像是含了滿嘴的釘子，而哈洋基族〔Yankophile〕聽起來真的不夠莊嚴，有欠尊重）──那麼，《這不是英語》正是你需要的書。這是一封寫給兩國的情書，他們對彼此的虧欠遠遠超過自己願意承認的程度。願上帝保佑我們每一個人。

Quite
相當

這個字讓我們發現

美國人為什麼真的喜歡「相當」，

而英國人卻只是相當喜歡「真的」而已。

　　一個小小的副詞修飾語能有多大的殺傷力？從「相當」這個字就可見一斑。這個字引起了種種混淆，造成求職者失業，甚至心碎或是傷感，全都是因為美國人搞不懂其中微妙卻致命的差別，讓英國人駭然失色。

　　兩個國家都用「相當」這個字來表示「徹底」或「完全」，這個意思的起源可以追溯到大約一三○○年，用在沒有程度之分的時候。如果你說一個人「相當赤裸」或是一個瓶子「相當的空」，在美國人耳裡聽起來可能會覺得正式的有點奇怪，但是還不至於造成任何爭議或誤解。畢竟，赤裸就是赤裸，空就是空，沒有程度上的差別。但是當「相當」這個字用於修飾有程度之分的形容詞時，例如：「嫵媚動人」、「聰明」

或「友善」，問題就來了。因為在這個時候，英國人把「相當」視為一種修飾用詞，而美國人卻當作強調用語。在英式英文裡，「相當」一詞是指「還算」或「勉強稱得上」，只有一點點稱讚的意味，卻隱隱然帶有負面的評價。可是對美國人來說，「相當」就是指「非常」，就是刻意強調、誇大形容詞，沒有什麼微言大義可言。

這一點也不奇怪吧？我們的刻板印象本來就是英國人敏銳纖細，而美國人則誇大成性，言過其實，只不過他們從以前一直到現在都使用共同的詞彙罷了。美國人對形容詞的用法向來誇張到破表，英國人剛到年輕的新大陸時，往往會被他們聽到的誇張語言嚇到──像是「窮凶惡極」（rapscallionly）、「喧嚷囂塵」（conbobberation）、「驚人爆猛」（helliferocious）之類的。這些字眼現在聽起來冷僻，只是因為我們不熟悉而已；姑且不論在美國荒野大西部是否廣泛使用這些字眼，它們都讓美國人聽起來像是粗魯無文的壞蛋。每一個人──特別是美東的那些膽小鬼──都希望能夠相信：美國人只是放蕩不羈，管教得「相當」不好而已。

不過，這些詞彙在「棒的不得了」（awesome）面前，就相形失色了──這個字現在已經成了廣泛用來嘲諷美國人誇張虛飾的當代典範。以前，只有上帝才能「棒的不得了」，現在連不怎麼樣的墨西哥捲餅也能「棒的不得了」。其實，這個字

眼如果沒有那麼積極外銷的話，倒也沒有那麼糟糕。在「都會辭典」網站（urbandictionary.com）上有一則貼文，形容「棒的不得了」是「美國人用來遮掩他們詞彙嚴重貧乏的字眼，像一張『狗皮膏藥』（sticking plaster）一樣」。講到「狗皮膏藥」，不用多說，也知道貼文的人是英國人。

還有一位英國詩人也曾經勇敢站出來，公然反對「棒的不得了」這個字，而且他還在洛杉磯的一家書店工作（你能想像嗎？）。約翰・托塔漢大聲疾呼，呼籲大家一起來撲滅「棒的不得了」這個字——他對英國《郵報》（*Mail*）說，這個字根本就是「假字」；這個運動還形成了一股「反『棒的不得了』」的論述」，甚至做成了時髦的貼紙，貼在汽車保險桿上。他在這份工作上，投注了幾乎等同美國程度的熱情，還差一點要製作T裇穿在身上，幸好及時踩了煞車，否則就太過分了。畢竟是他自己選擇要住在洛杉磯的，你總不能到了海灘，還抱怨怎麼沙子這麼多吧？

美國人的熱情曾經是我們心儀仰慕的對象。一九一〇年的《紐約時報》曾經引述一位名叫亨利・狄拉派斯丘太太的英國小說家說：「美國人不得不發明一個在我們這裡用不著的動詞——『激發熱情』（enthuse）。我們為什麼不能激發熱情呢？如果我們確實偷偷地創造了這個詞，為什麼又這麼害怕讓別人知道呢？……我們就是非常害怕激勵自己或是別人，但是那裡

的人卻完全不怕。他們每一個人都可以獨立自主地說出他們喜歡什麼或是仰慕什麼，也毫不吝惜如滔滔江水的讚美之詞，而我們卻總是怯於表達自己的情感，除非相當確信其他的每一個人都會同意我們的看法，或是我們仰慕的對象早已作古多年。」英國人或許可以從這段話裡聽出一絲絲紆尊降貴的高傲感，但是美國人則不行。

美國人做事誇張、講話誇張，連表達情感也誇張——以前如此，以後亦然。所以英國人可能會忍不住想要取笑美國人，硬是強行徵用「相當」，一個保守謙虛的修飾用詞，挪做他們熱情如火的用途；可是你若是這樣想就大錯特錯了，因為用「相當」一詞來修飾有程度之分的形容詞，英式用法——而非美式用法——才是非傳統用法。美國人使用「相當」來表示「非常」的起源，最早可以追溯到大約一七三〇年，而英國人把「相當」視為修飾詞的用法晚了一百多年，也就是到了一八四五年，才出現最早的紀錄。從此以後，這個詞彙一直引起國際糾紛。

英國作家接到美國編輯寫來的書評，說他「相當」喜歡她的新作。（辱！）

美國學生拿著她的教授寫的推薦信，裡面都是溢美之詞，卻發現自己在英國找不到工作，因為他們最大的讚美就只是說她「相當聰明、勤奮」。（驚！）

英國人到美國朋友家裡作客，說他「相當餓」，結果白目的美國朋友送到他面前的，是份量大到像是懲罰他的牛排。（懼！）這樣的故事不一而足。

究竟是誰引起這些爭端，現在已經無關緊要了——追根究柢，對於「相當」一詞的誤會，其根源就是美國人與英國人表達習慣的不同而已。人類學家凱特‧福克斯在她精闢的著作《英格蘭人是人嗎？》（*Watching the English*）一書中就解釋道：「我們嚴禁太過認真、裝腔作勢、表現情感和誇大吹牛，所以幾乎隨時都要輕描淡寫；為了避免表現出遭到禁止的嚴肅、不得體情緒或是過度熱情的危險」，英國人假裝冷漠，滿不在乎。「這種輕描淡寫的規則意味著：讓人衰弱到無法行動又痛苦的慢性病，必須稱之為『一點小麻煩』；……看到令人屏息的絕色美女，也只能說『相當漂亮』；看到精采的表演或傑出的成就，要說『還不賴』；……愚蠢到讓人無法原諒的誤判，只是『不太聰明』」。任何在其他文化中肯定會用到一連串最高級形容詞的事情，到了英國人口中，大約一句「不錯喲」就全部概括了。

那麼，要跟英國人對談、打交道的美國人該怎麼辦呢？去問德倍禮（Debrett's）就行了。這個自稱是「英式社交技巧、禮儀和風格的最可靠來源……成立之初即為鑽研英國貴族的專家」，早就警告說：千萬別把輕描淡寫與反應不足混為一談，

只要「領悟弦外之音，你就會發現看不到的戲劇性與情緒」。

　　可是，如果英國人認為「相當如此」是完整的一句話，又怎麼能期望向來以遲鈍聞名的美國人聽出任何弦外之音呢？若是英國人能夠學會自動理解美式的「相當」已是經過一番加油添醋了，那不是容易的多了嗎？的確，相當如此。

Middle Class
中產階級

這個字讓我們發現

在階級與金錢沒有太緊密聯繫的英國

這是一個更穩定的階級分類

　　劍橋公爵夫人凱瑟琳‧密道頓現在已經融入英國皇室，過著幸福快樂的日子，幾乎所有人都喜歡她，可能讓她忘了在二○○七年她跟威廉王子分手時輿論小報對她的惡意攻訐；有人說王子會跟她分手，有一部分原因是密道頓小姐的出身背景——特別是她母親對於這椿婚事表現得過於喜悅，還有密道頓太太一些不那麼符合皇室水準的舉措，據稱這些舉措包括了嚼食口香糖以及用「toilet」來指稱廁所。（請參閱第83頁的「廁所」一節。）有些勢利眼還喜歡拿密道頓太太曾經當過空服員一事來說嘴，據說威廉的朋友曾經在凱特的面前模仿空服員的口吻說：「艙門改為手動。」值得稱許的是，王子本人及其助理皆嚴詞否認這些謠言。可是英國媒體向來以羞辱公眾人物為

樂，早就惡名昭彰；他們對這椿情侶分手的解讀方式，當然也透露出英國人對於階級的執著，而不只是針對凱瑟琳本人或是她殷實的中產階級家庭，尤其是她那個外貌始終都無懈可擊的母親。

理論上來說，英國的階級戰爭在多年前就已經結束了。早在一九九七年，前工黨國會議員約翰‧普雷斯科──現在已經是普雷斯科勛爵了──就曾經說過一句名言：「我們現在都是中產階級了。」可是你才別相信他的話。誠如文化評論家彼得‧約克所說的，儘管「到處都有階級體系……我們對於階級的執著就有點像美國人對於種族的執著。」

二○一三年四月，當英國國家廣播公司的階級自測計算器在社群網站上流傳時，全國為之風靡，生產力驟降。這個計算器其實是一個更大的「大不列顛階級調查」計畫的一小部分而已；這個計畫是BBC「大英實驗室」（Lab UK）精心策畫的產物，其主旨為研究傳統的「勞工」、「中產」和「上層」等三種階級分類是否依然存在，以及在二十一世紀的英國，社會階級是否「還很重要」。全國各地有五百萬人登入網站，想要知道自己所處的社會階級，研究人員從他們的回應尋找答案，進而爭辯將國家分為七個不同階級的方法是否妥當；這七個分類都有新的名稱，分別是：「菁英階級」（Elite）、「堅實中產階級」（Established Middle Class）、「技術型中產階級」

（Technical Middle Class）、「新富勞工階級」（New Affluent Workers）、「傳統勞工階級」（Traditional Working Class）、「新興服務勞工階級」（Emergent Service Workers），以及「不確定的無產階級」（Precariat）——也就是「最貧窮、最一無所有的階級」。

公諸大眾的階級自測計算器（不過顯然是從私下進行的研究所衍生出來的結果，原本的問卷要長的多），其數值只來自五個問題；前三個問題都跟冷冰冰的現金有關：收入、租賃房屋或是自有房產（及其價值）、存款金額。階級自測計算器的最後兩個問題——喜歡從事的休閒活動與社交圈內職業的類別——比重並不足以平衡有關現金流量這類粗糙問題的權重。這其實是有爭議的，因為英國人並不覺得一個人有多少錢是很重要的階級指標——真正重要的是錢從哪裡來的以及一個人選擇如何花錢。我做了小小的實驗：在「交友」和「文化」問題上都回答了相同的答案，只有在「財務」問題上給了不同的回答，而其評測結果卻幾乎是光譜的兩端：「菁英階級」和「新興服務勞工階級」。因此不難理解為什麼這個階級自測計算器在很多人的眼中只是一個遲鈍的工具。

英美兩地的絕大多數人都自認為是中產階級。然而，誠如我們所見，就算他們使用相同的字眼，並不表示美國人和英國人的想法是一致的。在美國，中產階級比較像是經濟上的分

類，而非一種心態，身為中產階級的一員，並不是因為他們在其他複雜而具體的階級指標上有什麼表現；對美國人來說，他們在哪裡購物、買了些什麼東西，以及他們從事什麼樣的休閒娛樂，都不是自認為中產階級的重要指標。而在英國則不然，成為中產階級的一員比較像是某種特定家庭和學校的產物，以及一個人因此發展出來的共同品味。

藝術家葛雷森‧裴理在其紀錄片《皆關最佳品味》（*All in the Best Possible Taste*）中，就將英國的中產階級分為兩個支派，各有不同的關注焦點。兩個支派皆由他們的消費方式來定義：其中一派購買也認同知名品牌（服飾、汽車），而另外一派則專注在教育和理念，主要是文化消費（表演、展覽）；然而，這兩派的人對於外表都有類似的共同焦慮，最重要的是想要表現出適當的樣子，想要「做正確的事情」。簡而言之，兩個支派都深切關心別人對他們的看法，也很容易會想要更努力——同時也更費力地——對於中產階級的標誌究竟是什麼提出異議。

在我的經驗中，這兩個支派其實相去不遠。在中產階級的心目中，文化與商業都占有一席之地，同時對其他人選擇要如何花費他們的時間與金錢也都有專橫斷然的批判。但是美國人與英國人對中產階級的態度卻迥然不同。簡單地說，英國的中產階級喜歡自我嘲諷，也遭受到其他階級對他們的許多善意與

惡意的取笑；在英國，取笑中產階級已經成了全民運動。美國人對於中產階級則要嚴肅的多——也更有感情。何以如此？歸根究柢，這都跟社會階級流動與自我意識有關。

在英國，社會階級流動比較少，因此世世代代下來，中產階級就比較穩定與堅實。在外人眼中，這或許是一種特權——或許也有不只一點點的自鳴得意——因此，其成員也比較不會擔心失去他們的社會地位，反而比較擔心來自其他階級的敵意。中產階級需要認可，才能好好享用其地位帶來的優渥紅利（例如Barbour的外套、鄉間小屋、環保有機的紙箱、昂貴的精選起司、Range Rover越野車——又名雀爾西牽引車——Farrow & Ball專售二十種不同色調的白漆之類的產品），所以他們絕對不能太過自吹自擂或是表現出太努力的樣子，以免毀了這一切；反之，他們要盡可能地讓自己顯得迷人，而受人喜愛。在英國，只有透過自我貶抑——自我消遣的笑話——才能達到這個目的。目光銳利的觀察家也注意到，這樣的自我貶抑在某個極端，也是一種吹噓，因為這表示一個人對自己的地位非常的高枕無憂、非常的有自信，所以才會選擇表現出正好相反的樣子。英國的中產階級正是擅長這種介於謙虛與吹噓之間的微妙藝術。

在英國，取笑中產階級是一種讓你不要太接近中產階級，卻又能享有其舒適的方法。我有個朋友——不論是因為他辛勤

的工作或是出身，無疑都屬於英國的菁英階級——就很喜歡貶抑（詆謗）中產階級，彷彿他的社經地位比較低下似的。他們總是表現出一種輕蔑不屑的口吻。「這好中產階級喲！」他們會嗤之以鼻地說——表示無趣、庸俗、墨守成規、一點也不酷。就像某個人在做BBC階級測試前所寫的一段話：「如果我是中產階級的話，我乾脆在四輪傳動的越野車上裝滿了有機的義大利青醬，然後跳海自殺算了。」英國人可以很輕鬆地面對自己的中產階級身分，因為他們知道自己是這個國家的中堅分子，提供了政治與經濟上的穩定。誠如大衛·鮑伊爾在《衛報》（The Guardian）所指出的：「沒有了中產階級，窮人也就失去了希望……如果沒有中產階級，取而代之的，就是新的專制暴政，只有少數人擁有所有的一切。」從一個美國人的角度看到這段話，我也覺得心有戚戚焉，也隱隱然感到不安。很多美國人擔心美國經濟正是往這個方向走，而他們的擔心似乎也不是杞人憂天。

在美國，你可以遊走在灰色地帶撈錢，沒有明文禁止，也無法保證你會出生在特定的家庭，所以大家都非常認真地嚮往加入中產階級，而已經身在其中的人則認真地擔心自己會脫離中產階級。不過，也真的有這樣的可能。根據皮尤（Pew）研究中心最近所做的調查，自認為屬於較低階級或是較低階中產階級的美國人，在二〇〇八年至二〇一二年間，人數增加了百

分之二十五；而且增幅最大的是屬於年輕族群。現在十八歲到二十九歲的美國年輕人，都在經濟衰退的年代長大成人，更可能會認為自己屬於較低階的社會階級。有四分之三的美國人認為，現在的社會階級要向前移動比十年前更困難，父母親也不再相信他們的孩子在長大之後可以過著比他們現在更好的生活。

如今，這些焦慮都成了美國生活的中心。中產階級是這個國家最龐大的政治利益團體，不論是保守派或自由派的政治人物，也都不斷地訴諸這一群人，他們對中產階級的定義甚至比人口統計學家還要更寬鬆──遠超過收入這個指標。因此，中產階級這個名詞本身，就成了嚮往的象徵。在上一次的總統大選期間，歐巴馬總統到俄亥俄州帕馬市參加競選活動時就說得很清楚，他個人對中產階級的定義就包括了窮人：「我想說的是……當我講到中產階級，我說的也包括那些做了正確的事情，努力想要成為中產階級的貧困民眾。中產階級也是一種態度，而不只是收入，更是知道什麼才是最重要……你們的價值觀，負責任，彼此照顧，回饋社會。」美國政治人物必須盡可能地表現出中產階級的樣子，必須竭盡所能拉到更多的選民進入這個圈子，這一點至關重要，因為屬於中產階級是你渴望去做的正確的事。

在英國，政治人物就比較難拿捏其中的平衡點。他們也必須訴諸中產階級的大多數人，但是在此同時，又不能讓自己表

現得太中產階級，因為這樣一來，不但會有疏遠勞工階級選民的危險，還可能遭到很多中產階級對他們天生的特權翻白眼——即使他們自己也享受這樣的特權。因為在英國，屬於堅實中產階級的一員，固然代表一些正面的意涵，例如：工作勤奮、希望讓孩子擁有最好的一切、拓展自己的文化參與等等，但是也可能會有一些不好的聯想，像是生活比較好的人集體密謀要反對生活比較不好的人。勞倫斯・詹姆斯在《中產階級史》（*The Middle Class: A History*）一書中就提出證據，表示我們愈來愈聽不出社會地位的標誌了。唸私立學校和「牛劍」（牛津大學和劍橋大學）的政治人物通常都會隱藏自己上流優雅的口音，以免遭人批評態度高傲，因為「身為公眾人物，即使口音聽起來只有一點點像柏帝・伍斯特[1]，也都算是一種殘障。」過去這五十年來，我們不只看到瑪格莉特・柴契爾的崛起（她從來不讓人有機會忘記她是雜貨店老闆的女兒），同時也看到「雜貨店老闆」泰德・希斯[2]和約翰・梅傑登上首相寶

---

1 譯註：Bertie Wooster是英國作家P. G. Wodehouse筆下《Jeeves》系列小說中的虛構人物，是典型含著金湯匙出身的英國貴族，生性迷糊懶散，全靠機靈的管家替他解圍。

2 譯註：Ted Heath，本名Sir Edward Richard George Heath（1916-2005），英國政治人物，曾經在一九七〇年到一九七四年間擔任英國首相。他向來鼓吹英國加入歐洲共同市場，更於一九六四年在反對聲浪之中廢

座——後者更是第一位沒有唸過大專的首相（或者像英國人說的：「去上大學。」〔gone to university〕）。事實上，大衛·卡麥隆還是這一整個世代中第一位被選為首相的保守黨名門子弟（意指出身上層階級）。

在英國，因為階級不只看收入這一項，因此一個家庭通常要經過好幾個世代才能真正達到社會階級的流動。一個家庭容或掙到足夠的錢，得以躋身中產階級，但是勞工階級口音和品味卻流連不去——他們也拒絕裝腔作勢，反正無論如何總是會露出馬腳——卻成了他們以自己出身根源為榮的象徵。英國中產階級成員想要表現得不那麼高傲的渴望，甚至造就了一種「偽東區口音」的崛起——也就是中產階級冒用考克尼口音[3]，藉以淡化他們的出身，爭取勞工階級的認同。二十五歲的湯姆·海頓是一名住在倫敦郊區的大學畢業生，他在回答階級自測計算器的問題時就坦承，他在學校有很多同學都會這樣做。「我唸的是私立學校，不過並不是有『唐頓莊園』那種口音的學校。學校裡有很多小孩講起話來更像是實境戲劇節目裡的毒販。」你不應該相信這些裝出來的口音，但是你卻必須相信他

止了零售價格管制，而被英國雜誌冠上「雜貨店老闆」的綽號。

3　譯註：Cockney是倫敦東區以及當地民眾使用的方言（即倫敦方言），「考克尼口音」則泛指在倫敦的工人階級常見的口音。

們是真的拒絕中產階級裡某些愚蠢（*naff*）的特質，比方說在乎自己說話的口音。

我想，我們可以肯定地說：在類似的階級旅程中，美國人總是盡快接受中產階級的標誌，而且不會有什麼負面的社會後果；尤其是近年來，儘管美國口音裡仍然存在不同地區的差異，但是階級差別已經大致消失了，這也不無助益。（現在的紐約，已經沒有人會像小羅斯福總統那樣用二十世紀早期典型紐約貴族的口音說話了。）從歷史的角度來看，美國的中產階級也非常認真地看待他們擔任國家中堅分子與理想守護者的角色。只不過中產階級也在萎縮中。美國的社會階級流動性就像是雲霄飛車一樣——起的時候開心振奮，落的時候就不免失落厭惡。但是無論是中產階級的圈內人或是圈外人都喜歡中產階級，而不是取笑他們，最主要的原因就在於那種永恆的希望。即使你今天落沒了，明天還是有可能東山再起。就像詹姆斯・法洛在《國家週刊》（*National Journal*）中所說的，「因為我是中產階級，所以我跟我的鄰居和同胞有共通之處；當我們將社會的其他成員視為『咱們』而不是『他們』的時候，正是美國在政治、經濟上最美好的時候。」

這也說明了為什麼美國人總是那麼喜歡凱特・密道頓，而英國人卻忙著抗拒她的魅力，直到她真的成為雀屏中選的那位真命天女。美國人無法想像為什麼會有人不願意看到一位中產

階級——是咱們而不是他們的一員——成為他們的皇后。然而，有趣的是，許多跟劍橋公爵夫人年紀和階級相仿的英國女性卻不只一次地坦承自己曾經想像過要取而代之。「我們之中的任何一個人都有可能啊！」一位英國朋友就曾經這樣跟我說過。在不經意卸下防備的那一刻，她的語氣聽起來就像是穿著公主裝的小女孩——或是像個美國人。凱特從一開始就擄獲了美國人的心；老實說吧，你很難想到還有什麼比這個更漂亮、更時髦的方式脫離中產階級了。

Moreish
一口接一口

這個字讓我們我們意外地發現
原來英國人吃的巧克力比美國人還要更多

　　我們看到美國人從英文借用了很多詞彙，其中不乏與美國毫無文化關聯性，或是讓他們聽起來很造作、很愚蠢，甚至既造作又愚蠢的詞彙（請參閱第89頁的「乾杯／謝謝／再見」一節）；但是讓人意外的是，他們竟然錯過了一些詞彙，那些跟美國人性格若合符節，似乎就是為他們量身打造的詞彙，那些不會讓他們聽起來像是在海外旅遊了一年才剛剛回來的詞彙。其中一個就是「一口接一口」，這是一個形容詞，用來形容某些會讓人想要一直吃下去的那種食物。但是你不會說：「那道真空低溫烹調的乳鴿佐羊肚菌醬汁真的會讓人一口接一口。」——即使你真的這樣覺得——因為這個詞彙主要是用來形容看電影時吃的爆米花、鹽味花生、葡萄乾巧克力、麥芽牛奶球……沒有哪一個詞彙比「一口接一口」更適合用來形容伸

進零食袋裡的那隻手了。那麼，美國人為什麼沒有這個字呢？沒有人比美國人更愛吃零食了。或者應該說，在我搬到英國來之前，確實是這樣覺得。

英國人最愛「偷吃」（snaffle）。所謂「偷吃」是指吃得很快，而且有時候還是沒有得到同意；「偷吃」是指在休息室裡吃掉最後一個巧克力布朗尼，或是吃掉你「買給孩子」的巧克力餅乾。在廚房櫥櫃裡「偷吃」，就像在荒野森林裡覓食一樣。

若說英國人愛偷吃，那麼美國人就是光明正大地將零食納入正餐，尤其在忙的時候。美國人不像英國人，他們並不太拘泥於固定的用餐時間。餐廳二十四小時開放，提供服務；打包袋和外帶盒更是工程界的一項偉大發明。你想想，從十二盎斯的杯子裡，你可以倒多少個迷你奧利奧餅乾到你的嘴裡？想想「特大包裝」的牧場口味多力多滋脆玉米片；想想 Smartfood 的「點心包」（在這裡替非美國人翻譯一下：這是一種超級神奇美味的起司口味爆米花。）；想想做成鏟子形狀的洋芋片，以便沾到最多的醬汁。在英國，同樣的大包裝上都會用大型的字體勸告說：「適合分享！」或是「樂享包」；但是美國的零食容或標示著「家庭號」，但是又很巧妙地沒有明確指出所謂的家庭有幾個人。

說來也很諷刺，最早開始提供較少量的食物，卻收取更高費用的，也是美國的零食公司——他們推出「一百卡路里包

裝」，裡面只有五根 Cheez-It 起司餅或是六小塊沒有奶油的奧利奧威化餅乾；如果在零食王國裡還有什麼比這個更慘絕人寰的消息，千萬別告訴我，我也不想知道。在美國，沒有所謂的中庸之道；你要不是像馬一樣在嘴邊掛上飼料袋，完全臣服於自己的本能食慾，就是付錢給納貝斯科公司[1]來協助你抗拒食慾。美國人喜歡標榜健康的零食：低脂、無麩質、無反式脂肪、加鈣、多穀類等等；他們熱愛健康食品的程度，從美國市面上最成功的減肥祕訣就是麥可‧波蘭提出的「避開標榜健康的食品」就可見一斑。

英國人對於標榜健康的食品倒不像他們對「豪華」（luxury）的概念那麼熱中——這個名詞在美國通常不會跟食品聯想在一起。從一包燕麥到一盒巧克力，什麼產品都可以標示為「豪華」，幾乎像是要跟戒慎恐懼的社會大眾再三保證似的。如果他說是豪華，那麼就一定是高檔貨。如果你想想，自有記憶以來，過去的洋芋片或薯片[2]還會附一小包鹽讓你自己加進去，或許就不至於那麼意外了。在那個年代，加味技術根本就還沒

1　譯註：Nabisco 原名為國家餅乾公司（National Biscuit Company），是美國著名的餅乾和休閒食品品牌，旗下有奧利奧、麗滋（Ritz）等多項品牌。

2　編按：洋芋片（potato chip）為美式用法；薯片（crisp）為英式用法。

誕生。所以即使到現在，英國的洋芋片包裝上還常常會標示著「鹽味」，好像廠商在跟你說：「喂，可不要以為洋芋片是天生就加了鹽的嘢！」

或許正是這樣的匱乏，造就了英國洋芋片今日的口味大戰，簡直成了一場大亂鬥：烤豬肉、牛肉與約克夏布丁、醃洋蔥、鮮蝦沙拉、甜辣、煙燻培根、咖哩羊肉、伍斯特醬、茄汁香腸等等──還不只這些。然而，通常喜歡變化並且認為多樣化是天賦人權的美國人，對此卻有點敬謝不敏。他們確實喜歡他們的烤肉醬和酸奶洋蔥口味──管他的，甚至偶爾還會來點鹽醋口味，讓生活有點變化──但是牛肉和羊肉口味？不用了，謝謝。問許多旅居海外的美國人他們最懷念的零食是什麼？他們都會說是海盜牌的奶酪米香（Pirate's Booty）──一種用玉蜀黍和米做的爆米花，以「陳年白切達起司」調味，而且「完全符合海盜標準的烘焙」。顯然英國不知道自己錯失了什麼，也沒有什麼海盜標準可以拿來說嘴。

因此，你可以看得出來：儘管英美兩國都有以零食為中心的文化，但是他們對於什麼零嘴會讓人「一口接一口」，卻有不同的看法。比方說，英國人對於在什麼時候吃多少花生醬有各種不同的社會規範，美國人或許會感到詫異；因為許多美國人都認為吃花生醬當早餐是再合理不過的事情，這又有什麼不可以呢？花生醬含有的蛋白質或許跟雞蛋一樣多，而且也更適

合搭配糖漿。英國人倒也未必是反對花生醬，只不過他們的消耗量遠遠不如美國人。你在英國超市能夠找到的最大罐花生醬，放進一個小孩子的鞋子裡都還綽綽有餘；但是你在美國超市卻能夠找到一加侖裝的花生醬，還附帶提把，以便讓你甩進小貨車的後車廂。英國人通常在中午之前不會碰花生醬，但是許多人喜歡在吐司上塗馬麥（Marmite）──一種用酵母萃取物製成的黏乎乎的褐色醬料。哪一種比較噁心？我想我們可以客觀地回答這個問題。

　　我這樣說都沒有人相信，但是英國人真的比美國人更愛甜食。在英國超市販售的餅乾或是比司吉種類，絕對不輸在美國超市所看到的，但是大部分都是賣給成年人。糖果（sweets）或稱為糕餅（sweeties）──也就是非巧克力類的糖果──是他們終生的嗜好，而且對某些人來說，甚至成了一種迷戀；也比在美國更常見到強烈的口味。（唯一的例外是歐托滋薄荷糖〔Altoids〕──「知名的原味特強薄荷糖」──最早在十八世紀的新英格蘭生產，而其懷舊的鐵盒現在則在田納西州的查塔努加製造。）英國的檸檬梨子口味水果糖──羅爾德・達爾[3]曾經在他的回憶錄裡形容說：天哪，「聞起來像是指甲去光

3　編按：Roald Dahl（1916-1990），英國著名童書作家，著有《查理與巧克力工廠》和《吹夢巨人》等書。

水！」──酸到可以溶解你牙齒上的琺瑯質。班狄克斯苦味薄荷糖（Bendicks Bittermints）──獨特的深綠色鑲金包裝，上面自豪地宣稱班狄克斯有皇室保證，「榮獲女王陛下御用」──強烈的程度，是美國薄荷餡餅（Peppermint Patties）的十倍有餘。甘草什錦糖（Liquorice Allsorts）看起來像是粉蠟做的塑膠樂高積木，但是在美國人的味蕾上，嘗起來卻像是百分之百的邪惡。洋茴香球（Aniseed balls）呈深紫色，嘗起來正如廣告上所說的，充滿洋茴香味──又是另外一個讓人看了難以想像小孩子會喜歡的味道，但是英國小孩卻趨之若鶩。反之，在美國，小鬼頭酸味軟糖（Sour Patch Kids）──一種外面裹著酸甜糖味的軟糖──以及跳跳糖（Pop Rocks）──一種加了二氧化碳的小糖果，會在嘴裡爆開──就已經算是大膽的嘗試了；至於最暢銷的糖果，則非M&M's巧克力莫屬。

這也不是說英國人不喜歡巧克力。他們每年每人平均消耗掉大約十公斤的巧克力──約莫是美國人平均值的兩倍──其中最暢銷的是吉百利牛奶巧克力（Cadbury Dairy Milk）；可是一提到美國的巧克力，他們都眾口同聲地表示噁心。這些說話保守不誇張的大師們卻說好時巧克力（Hershey's）吃起來像是「貓嘔出來的東西」、「大便」、和「餿掉的牛奶」。旅居海外的英國人都知道，在美國，即使是吉百利品牌的巧克力也不安全，因為誠如某位不滿的巧克力愛好人士所說的：「吉百利

犯下了一個滔天大錯，同意讓噁心的好時公司不懷好意地惡搞他們的原始配方……做為在美國販售行銷計畫的一部分。」沒錯，製造方法確實是改了。吉百利牛奶巧克力含有百分之二十三的固態可可，但是好時卻只有百分之十一；在吉百利牛奶巧克力裡的首要成分是牛奶，但是在好時巧克力卻是糖。而且，正如茱莉亞‧莫斯金在《紐約時報》的報導所稱，儘管好時巧克力的製程是嚴格保守的機密，但是「專家推測好時公司的牛奶都經過嚴密控制的脂肪分解過程」，分解掉牛奶裡的脂肪酸。這會造成「在帕瑪森起司和嬰兒嘔吐物裡可以找到的丁酸……一種特殊的酸味，美國人……現在也可以在巧克力裡面找到。」唔，每個人都有不同的想法。

對大多數人來說，偏好某個特定品牌或是某種零食，都跟兒時的口味以及伴隨而來的記憶有關。英國人或許永遠都不可能愛上好時巧克力，就像美國人可能永遠都不會擁抱馬麥醬一樣。可是美國人或許會想要養成說「一口接一口」的習慣，我保證絕對不會取笑借用這個英式英語的人——只要他們留一點M&M's巧克力給我就行了。

Mufti
便服

這個字讓我們發現
為什麼英國人如此熱愛制服

「媽，那個女孩子穿著紅色的開襟毛衣耶！還有那個，跟那個⋯⋯」我跟孩子解釋說為什麼我們家附近大部分的小朋友似乎老是穿著同樣的衣服：那是他們學校的制服。我三歲的孩子一臉困惑。「可是，『制服』是什麼呢？」我們繼續朝著艾吉威爾路走──經過了穿著紅色外套和開襟毛衣的孩子，經過了戴著頭盔的警察和穿著反光背心的掃街清潔人員，經過了裡面工作人員全都穿著綠色工作服的雜貨店，經過了水煙咖啡館，有個戴著頭巾面紗的女子坐在裡面喝茶──我突然意識到幾乎每個人都穿著某種制服。在這裡，你甚至需要一個字來形容不穿制服的狀態；而英文裡正有這麼一個字：「mufti」。

「mufti」一詞，是兩百多年前，英國軍人用來形容不穿制服的俚語。那個時代的軍官在非值勤時間往往都穿著睡袍，戴

著防菸帽，腳下趿著拖鞋，看起來很像伊斯蘭教士的傳統服飾；而「mufti」一詞正是指伊斯蘭律法的專家，他們擁有裁決宗教事件的權力，像是發布宗教裁決令等等。退一萬步說，這都是一個很奇特的並列對比，但是這只是英語從印度借來的眾多詞彙中的一個例子而已。你可以從亨利‧尤爾與 A. C.博奈爾在一八八六年出版的《同化外來語：英印口語文字、詞彙與同類詞滙編及其字源、歷史、地理與推論》（*Hobson-Jobson: Being a Glossary of Anglo-Indian Colloquial Words and Phrases and of Kindred Terms, Etymological, Historical, Geographical and Discursive*）一書中找到完整的目錄；其他的同化外來語還包括：卡其（khaki）、睡衣（pajama）、陽台（veranda）、搶劫（loot）、真的（pukka）、洗髮精（shampoo）、瘋狂（doolally）和叢林（jungle）等。

美國人也使用許多同化的外來語，只是不知道他們的歷史源由。《同化外來語》的作者耗時十四年才完成這本著作。如同凱特‧黛爾契在最新一版的導論中所說的，他們跟詹姆斯‧穆雷一直都保持密切的聯繫，而他正是十大冊的《新英語辭典》（*New English Dictionary*）一書的編輯——此書後來重新命名為《牛津英語辭典》（*Oxford English Dictionary*）——尤爾與博奈爾的定義，有很多都直接納入了穆雷的巨著，因此現在《牛津英語辭典》有大約五百個詞彙是同化外來語。這些從

印度借來的英文字改變了英語的風貌，甚至可以藉此大玩文字遊戲；湯姆‧史達普的劇作《印度墨水》（*Indian Ink*）中的兩個角色，英國詩人芙蘿拉‧克魯和印度藝術家尼拉德‧達斯，就曾經大玩這樣的文字遊戲。

芙蘿拉：我在自家平房（bungalow）的陽台（veranda）上吃午餐時，不小心把印度燴飯（kedgeree）灑到我的棉布褲（dungarees），害我只好穿著睡衣（pajama）去賽馬競技場（gymkhana），看起來活像個苦力（coolie）似的。

達斯：我上市集（bazzar）去買酸甜醬（chutney）的時候，正好碰到一名暴徒（thug）從警察局的看守所（choky）裡逃出來，殺了一名小販（box-wallah），搶（loot）走了他的東西，造成了一場囂鬧（hullabaloo），最後跌到一鍋咖哩蔬菜湯（mulligatawny）裡。

芙蘿拉：我在宮廷（durbar）裡發瘋（doolally），被人用轎子（dooley）送回老家（Blighty），覺得有點擔心（dikki），只拿到一杯茶（char）和一封信（chit），可以換半杯酒（chotapeg）。

達斯：是啊，位高權重的大人（burra sahib）戴著遮陽頭盔（topee），看起來真的有模有樣（pukka），還派了一名苦力去夫人（memsahib）那裡——

芙蘿拉：不行，不行，你不能同時用夫人和大人，這樣算是作弊——再說，我也已經用過苦力了。

達斯：我認輸了，克魯小姐。妳是同化外來語的冠軍。

這樣的對語聽起來像是全國公共廣播電台或是BBC第四廣播網的益智問答節目，你甚至會以為彼得‧塞格爾[1]或是桑蒂‧托格蘇維[2]隨時都會走出來，用劇本中擬好的笑話打斷他們，指出冠軍得主。

你會以為穿著便服的人比較輕鬆自在，但是根據我的觀察：英國人似乎在穿制服的時候反而比較輕鬆。或許這是因為絕對沒有人像英國人這麼會穿制服，而且是從小穿到大；九成以上的英國兒童從四歲起上學都穿制服，而且大家還廣泛認同——跨越政黨界線和階級分野——穿制服是個好主意。英國人列舉他們贊成穿制服的理由包括：有助於改善紀律與專注力，同時可以弭平階級差異。

1　譯註：Peter Sagal（1964年生），美國劇作家、編劇、演員，並主持全國公共廣播電台的新聞時事機智問答節目「等等，別告訴我」（*Wait Wait... Don't Tell Me!*）。

2　譯註：Sandi Toksvig（1958年生），丹麥裔英國作家、演員、廣播電視節目主持人，也熱中政治活動。她在BBC第四廣播網主持新聞時事機智節目「新聞問答」（*The News Quiz*）

採用制服政策的美國學校則不到四分之一，其中大部分都是私立學校或是集中在大都市。不過制服政策有抬頭的**趨勢**，主要是因為在九〇年代末，柯林頓總統建議美國學校採用制服政策，藉以改進學生的專注力，並且減少因為服裝產生的衝突與競爭，此後就引起了激烈的論辯。沒有人同意美國學校的問題可以如此輕易地解決。有位美國社會科學家大衛・布魯恩斯瑪曾經就這個議題進行廣泛的研究，得到的結論是：制定制服政策對於學生的出席率和學業成績並沒有顯著的影響，反而比較「類似將毀壞中的建築物打掃乾淨，重新粉刷，漆上亮麗的顏色」。

　　相較於英國人，美國人比較不能接受制服的概念，而且在提出異議時，也經常以捍衛個人表達意見的權利做為盾牌。如果美國人這麼相信他們的個人特色，那麼英國人不免懷疑：為什麼經常看到他們穿著一樣的牛仔褲和Ｔ袖呢？為什麼個人特色到頭來卻成了不拘小節，甚至邋遢呢？為什麼美國遊客──他們一定聽說了英國有多常下雨──卻似乎從來不好好準備一件雨衣，總是穿拋棄式的塑膠披風和輕薄的頭套，活像一團用過的衛生紙在倫敦街頭飄來飄去呢？特別是還要在腰間綁著他們的「霹靂包」（fanny packs）──英國人覺得這個用詞特別好笑，因為「fanny」一詞在英國俚語是指「陰道」（vagina），有時候也會用另外一個令人咋舌的名稱叫做女

人「前面的屁股」，不過跟美國人的暱稱「vajayjay」比起來，還是比較含蓄一點。有時候，即使在醫學場合，也會用「後庭」（back passage）來指稱肛門，讓這個器官聽起來像是要走進寬敞的鄉村豪宅的走道似的——無論如何，都是你必須跟這一家人有某種程度的交好才可能會受到歡迎，敞開後門讓你進去的地方。順便說明一下，英國人把霹靂包稱之為「屁股包」（bum bags），不過他們幾乎從來不帶就是了。似乎美國人雖然從小就穿便服長大，但是長大後卻選擇了某種型式的制服，至少在旅行時如此。可是從小穿制服長大，並不保證對穿著服飾就一定有見識。

　　穿太多制服也可能會有後遺症。那些不在乎穿著打扮的人，最後往往不知道在穿便服時該怎麼穿才好；我有一位朋友的丈夫就常常面無慚色地借她的襪子來穿——反正顏色也一樣，又有什麼差別呢？有些英國女人，或許是因為到了青春期還被迫要穿著圍兜——或者是更慘的燈籠褲——所以在她們終於掌握了衣櫃的控制大權之後，就將端莊合宜拋到了九霄雲外。春天才剛露出頭來，就看到她們露出大片大片被太陽曬紅的乳溝和擦了仿曬劑的大腿，惹得時尚糾察隊不得不出來糾正：「露腿或是露胸，只要露一個就夠了——千萬別兩個都露！」即使包裹得密密實實的，也可能會有危險尾隨而至。儘管英國的天氣讓人可以一年到頭都穿著不透明的黑色緊身褲，

但是在七月天穿起來還是很不搭嘎。有位時尚部落客在看了皇室婚禮之後就曾經嘲諷說，英國內閣實在應該成立一個蠢帽部。碧翠絲公主頂在頭上的那個便盆，確實很引人矚目，但是只要在夏天拿起《Hello!》雜誌隨便瞄一眼，就會知道你在社交婚禮或是皇室賽馬會（Ascot）的仕女日上看到的，絕非完全沒有代表性。這樣的膽大妄為，正是讓我愛上英國的一個原因。在服飾上，美國人可能會選擇打安全牌，穿著「適當合宜」，但是英國人卻極為大膽。

　　至於那些在乎穿著打扮的人呢，一旦掙脫了整齊的制服之後，就立刻脫胎換骨，變成街頭最花俏炫耀、最富有想像力的潮客；這也成了一種自信的品牌，表示你對規則知之甚詳，所以才能不屑一顧。尤其是英國男人，也可能是愛炫耀的孔雀，特別鍾情於帽子、圖案喧囂的背心（waistcoats，發音為「weskits」）、絲襪，甚至偶爾還要打上領結（ascot，拜託，如果你必須要問的話，請唸成「askit」──聽起來就像是「請問」）。在美國，唯有新英格蘭的大學預科生差堪比擬（這個例外正足以證實常規的存在）。在大學預科穿著制服長大的美國男人，最有可能在長大成人之後穿著紅色長褲或是配戴有鯨魚圖案刺繡的腰帶。儘管如此，大學預科生那一身粉紅與綠色相間的漂亮行頭，仍然有一種年輕朝氣、無憂無慮的便服精神，主要還是一種休閒的打扮。

在英國，直到現在還是能買到領子可以拆卸下來的襯衫，這是美國一名家庭主婦為了想節省洗衣服的時間才發明出來的風格，如今卻被視為極端的浮華與復古。講到浮華與復古，我最近剛遇到一位朋友，手裡捧著一個高紙盒，跟我說他準備要把他的高頂禮帽送去整修；他是當真的，似乎不是婉轉地指涉其他的事情。他還跟我說，那是他最好的一頂高禮帽；他另外還有兩頂：一頂是可以摺疊的，適合去看歌劇時放在座位底下；另外一頂「休閒用的」，則適合在戶外穿戴，尤其是在某人的馬或船贏得冠軍時，可能會被香檳潑到的時候。顯然，他對於有好一陣子不能戴這頂帽子，是真心地感到苦惱不便，那是裝不出來的。可是相信我，如果在二〇一五年還有什麼地方會發生這樣的事情，那麼就非英國莫屬了。

我們走到了安妮的托兒所，那裡大部分的媽媽都穿著近乎一致的窄管牛仔褲、中性色彩的喀什米爾羊毛衫、平底包鞋和長圍巾——而且全都圍了兩圈。當便服成了一種制服，我們就又回到了原點。

Gobsmacked
瞠目結舌

用這個字

英國的創意階層占據了美國媒體

還引進了新的俚語

　　我們偶爾會碰到一個聽起來就跟它本身意思相近的字。這個字或許不是擬聲字，但是就算你從不曾聽過，也會立刻就知道是什麼意思；瞠目結舌就是這樣的一個字。這個字是用來比喻震驚、駭然或是詫異的意思；從字面上解釋，則是遭到別人一拳打在嘴巴上，就像「恰巴王八合唱團」（Chumbawamba）那首〈瞠目結舌〉歌曲中的歌詞所說的：「我在酒館外／一拳打在你嘴上／漫長的四年歲月／全都耗在蟲林叢[1]」。

　　「Gob」一字是英格蘭北部從一五○○年代末期就開始使用的俚語，指的是「嘴巴」。很少有形容詞會像「gobsmacked」

1　譯註：Wormwood Scrubs 是位在倫敦西北方的一座監獄。

這樣，讓你外表看起來就完全反映出心裡的感受，因為要唸出這個字的發音，必須連續兩次張開下巴，活像大嘴巴的男低音。因此你使用這個字的時候，不可能口是心非；這個字傳達了某種程度的真實性。由於這個字極為生動，讓很多人難以抗拒，遂成了常見的企業名稱：「瞠目結舌媒體公司」、「瞠目結舌唱片公司」、「瞠目結舌電視公司」；甚至有一種指甲油的顏色也以此命名（帶了一點點閃光的鐵灰色，是Butter London公司推出的產品）；而最恰如其分的，大概是運動員護齒牙套的品牌了。老兄，廣告說的都是真的；戴上它，這樣一來，你那個什麼地方挨了別人一拳時，牙齒才不會掉光光。

　　不是每個人都認同瞠目結舌這個字，有些人會把這個字跟廉價的八卦小報和北方來的低下階層大老粗聯想在一起。羅勃‧哈特威爾‧費斯克在《刺耳英語辭典》（*The Dictionary of Disagreeable English*）中就曾經抨擊道：「這是當今英語語言中最不討喜的字眼之一。」不喜歡這個字的人常給人家一種自以為了不起的印象，也不免遭到一些酸言酸語。即使這個逆向構詞[2]有一些不太入流的意味，美國人也不會在意，因為他們正忙著一找到機會就使用這個字。可是，瞠目結舌這個字又是如何從一九五〇年代北英格蘭和蘇格蘭的半隱晦地區性用字，

2　編按：以省略字尾（後綴）的方式生成新詞彙的方式。

到了一九八七年登堂入室，收入《牛津英語辭典》，進而國際化到全球通行呢？

這個字是英國電視節目「加冕街」（*Coronation Street*）——這是英國最長壽的肥皂劇，一播就是幾十年——很慣常的用詞，透過電視傳播，就傳到了英格蘭南部，也就是英國媒體的主要根據地。瞠目結舌這個字最早在一九八五年出現在平面媒體（根據《牛津英語辭典》，第一次是出現在《衛報》上），迅即傳遍全英國。可是這個時候，這個英式英語還沒有傳到曼哈頓。有些評論家認為，美國人大量使用瞠目結舌這個字眼，還是從二〇〇九年蘇珊大嬸在電視節目「英國達人秀」（*Britain's Got Talent*）中一炮而紅開始的。這位來自蘇格蘭，自稱是「養了一堆貓的老小姐」，以完美無瑕的高音詮釋《悲慘世界》劇中那首〈我曾有夢〉（*I Dreamed a Dream*），硬是逼得賽門·考爾[3]收斂起臉上那一抹輕蔑的笑容。她的表演很快就在網路上蔓延開來，而她在後來的數十次訪談中都一再地形容她自己「瞠目結舌」。可是呢，我還是覺得事情沒有這麼簡單。

英美之間本來就會有俚語的交流。美國在建國之初，還

3　譯註：Simon Cowell（1959年生），英國音樂、唱片、電視節目製作人，也擔任許多電視選秀節目的評審，以講評刻薄毒舌著稱。

有很強烈的恐英症，美國人也痛恨任何的文化入侵，因此有很強烈的動機要區隔美式英語和英式英語。韋伯斯特在一八〇六年出版的《簡明英語辭典》（*Compendious Dictionary of the English Language*）——即一八二八年出版、更有權威、也更完整的《美語辭典》（*American Dictionary of the English Language*）的前身——不但是美國的第一部辭典，同時也是一份政治文件，意圖透過語言確立美國獨立的正統，並且首度引進統一的拼字。韋伯斯特在〈論美國青年教育〉（"On the Education of Youth in America"）一文中，更是清楚地闡述了自己的立場，不容他人有懷疑之處：

美國人啊，卸下你們心靈的枷鎖，開始做個獨立自主的人吧！你們當小孩已經當了夠久了，一直臣服在高傲自大的雙親控制之下，為了他們的利益而卑躬屈膝。現在，你們有自己的利益……我們要仰仗你們的努力來培育、支持一個新的帝國，要憑藉你們的智慧與美德來建立並且拓展一個民族的性格。為了達成這些偉大的目標，必須形塑一個自由的政策計畫，建立一個開闊的教育制度。在這樣的教育制度完全建立並實施之前，美國人必須要有堅強的信念，相信浪費時間去模仿其他國家的愚蠢和依賴外國的榮光取暖是件羞恥的事，並且秉持這個信念採取行動。

韋伯斯特的《美語拼字書》（*American Spelling Book*）
——又稱為「藍皮拼字書」（Blue Backed Speller）——是美國
最早的拼字書之一，在後來的一百六十餘年間，為美國兒童提
供道德與學術教育，同時也強化了拼字的改革（如 *colour* 變成
color，*theatre* 變成 *theater*，*oesophagus* 變成 *esophagus* 等），這
些都是韋伯斯特留給後人的深遠影響；而美國人最愛的拼字比
賽，則是另外一個。這個比賽在美國各級學校舉辦，從這個國
家裡最偏遠角落的最小班級，乃至於有電視轉播的全國性比
賽。美國人對於自己的語言有強烈的地域性，不但由來已久，
而且還一直延續至今，所以從來都不擔心英國俚語的問題；如
今，美國人已然建立他們的民族性格，反倒覺得英國俚語很迷
人——儘管聽起來總是有那麼一點造作，也不管這個字原來在
英國有什麼階級意涵。美國人還是喜歡認為自己不曾受到這些
事情的玷污，但是德拉瓦大學英文系教授兼作家班恩・雅各達
在研究所謂長期英式英語（「Not One-Off Britishisms」簡稱為
「NOOBs」）時——即傳統上屬於英國的表達方式但是卻廣為
美國接受的用法——卻始終都不缺素材。

　　反之，在英國，卻可以在報紙看到以〈十大最令人厭惡
的美語〉為標題的文章。馬修・恩格爾在BBC發表一篇文
章，名為〈為什麼某些美式英語惹人厭？〉（"Why Do Some
Americanisms Irritate People?"），文中以軍國主義的隱喻，非

常巧妙地說出了英國人對於美國影響的焦慮：「現在世界上所通行的語言——即使在比基本全球性更精細的層面——都未必是我們的英語。根據《牛津世界英語指南》（*Oxford Guide to World English*），『美式英語在二十一世紀初所扮演的全球性角色，相當於二十世紀初的英式英語。』不過，令人擔憂的是，我們在不列顛所說的語言已經開始出現這種現象；美式用法已經不再像從前那樣，宛如單打獨鬥的間諜摸上岸來，例如：『可靠的』（reliable）、『有才華的』（talented）等，而是大隊人馬直攻過來。」

有些人如此迫不及待地抨擊美式英語，甚至讓美國人揹了不少黑鍋，尤其是譴責他們亂造新詞，其實那些新詞都源自大西洋的彼岸。比方說，我們動不動就看到英國人或是法國人在早上十一點半大啖雞蛋與煎餅，但是卻很難找到任何人支持「早午餐」（brunch）這個字（甚或更糟糕的法文版：*le brunch*）。然而，早午餐一詞可不是美國人的發明，倒是一位名叫蓋伊·貝林傑的英國人在一八九六年創造出來的。出乎意料的是，早午餐吃到飽的概念卻不是英國人的發明，而是美國人的創新；到目前為止，還沒有英國人對這個概念游上他們的海岸有任何怨言。

英國人以前會對美式英語透過電視、電影和廣告侵蝕他們的語言表示強烈不滿（現在還是有些人會），不過我們也可以

說，在這個年頭，像這樣的跨界差不多是平等的，這是因為英國記者、編輯和電視製作人已經滲透到美國這些行業的最高層，因此占盡了優勢。

目前，美國《紐約時報》的執行長和紐約《每日新聞》（*Daily News*）的編輯都是英國人；美國廣播公司（ABC）和國家廣播公司（NBC）的新聞部總裁、美國《時尚》（*Vogue*）與《柯夢波丹》（*Cosmopolitan*）等時尚雜誌的編輯也是。實境電視節目更是受到少數英國製作人所把持，例如馬克‧伯奈克的手上有「我要活下去」（*Survivor*）、「誰是接班人」（*The Apprentice*）、「美國好聲音」（*The Voice*），賽門‧考爾則有「美國真人秀」（*The X Factor*）、「美國偶像」（*American Idol*）；另外，蒂娜‧布朗[4]、皮爾斯‧摩根[5]和已經過世的克里斯多福‧希晨斯[6]和其他人，都對美國人的上流階層流行文化

4　譯註：Tina Brown（1953 年生），原籍英國的作家、雜誌編輯、專欄作家、談話性節目主持人，曾經為英國王妃黛安娜作傳，也曾經擔任美國《閒談》（*Tatler*）、《浮華世界》（*Vanity Fair*）、《紐約客》（*The New Yorker*）等雜誌的編輯。她在二〇〇五年入籍美國。

5　譯註：Piers Morgan（1965 年生），英國新聞記者、電視節目主持人，曾經擔任英國多家小報的編輯，現任《郵報電子報》（*Mail Online*）的編輯，並且在美國有線電視新聞網（CNN）主持節目。

6　譯註：Christopher Hitchens（1949-2011），原籍英國的作家、新聞記

有不可否認的影響。雖然英國的人口只有美國的六分之一，但是卻足以支撐十幾家全國性的報紙（美國只有三家，不過有很多人認為《今日美國》〔USA Today〕只能勉強算是）。「英國的新聞媒體市場是一個殘酷又極具競爭性的大鍋爐，鍛造出真實、卓越和同等的過度與無節制。在這樣的背景之下，美國新聞界講究客觀與公平的歷史價值似乎顯得典雅而有古意。」需要證據嗎？只要看看BBC咄咄逼人的——有時甚至是火藥味十足的——訪問風格，再對照美國全國公共廣播電台的訪問方式，就可見一斑了。英國的新聞記者喜歡一開始就直指要害，見血封喉，這對美國人來說還很新鮮；至少現在還是。這麼說來，英國俚語會變得如此令人難以置信的時尚流行，還有什麼好奇怪的嗎？韋伯斯特真的要瞠目結舌了。

者、宗教及文學批評家，文章常見於《新政治家》（New Statesman）、《國家》（The Nation）、《大西洋月刊》（The Atlantic）、《倫敦書評》（London Review of Books）、《泰晤士報文藝副刊》（The Times Literary Supplement）和《浮華世界》等雜誌，並出版了三十餘本著作。

Trainers
運動鞋／教練

這個字讓我們知道
美英兩國同屬世界最肥胖國度之列
儘管他們顯然都很熱中健身運動

美國和英國的肥胖率分別是百分之三十四與百分之二十五，可能會讓人以為他們不怎麼熱中健身運動；但是，可悲的事實是：這兩個名列全球最肥胖國度前五名的國家，健身產業的總值相加超過三百二十億美元。英美兩國的成人之中，有大約一半的人會「做運動」（take exercise）——這是英國人的說法，讓此事聽起來好像是醫師囑咐似的（不過有很多情況也確是如此）——可是有些人卻是真的喜歡運動。我接下來要說的就是這樣的人，因為我確信他們聽膩了別人批評他們國家的人是多麼的怠惰懶散，尤其是當他們每天正要穿上運動鞋（sneakers），準備出門好好享樂的時候。

在英國，運動鞋或是跑鞋都稱之為「trainers」。這是絕對不

容我忘記的事實，因為我四歲的女兒會講兩種語言，有一天，我聽到她跟朋友說：「我正在穿 *trainers*，但是我媽咪說那是『sneakers』，因為她是美國人。」（至少她已經不會再當面糾正我的英文，這是我早上忙著準備要出門時最不想聽到的評語。）在美國，「trainers」指的是私人健身教練，也就是取得你的同意之後，拿棍子逼著你保持好身材的傢伙；英國也有私人教練（coaches），不過大部分請得起私人教練的人還是比較可能把錢花在一瓶好酒或是去剪個頭髮，而不會在健身房裡待一個鐘頭。

　　健身房在英國不如在美國那麼流行。不過，誠如艾瑪·辛克萊在《每日電訊報》（*Telegraph*）所說的，有些美國的精品健身房慢慢地進軍英國市場，提供「周到的客戶服務……和無懈可擊的設施，建立客戶的忠誠度……留下一堆黯淡無光的英國健身房瞠乎其後。」英國的健身房倒也不全都是黯淡無光，讓人興趣缺缺，但是有很多確實讓人覺得好像時空倒轉，回到了一九九八年。階梯有氧到現在仍然繼續盛行；飛輪健身直到二〇一四年才引進倫敦——比它在紐約開始流行整整晚了八年；芭蕾杆健身與皮拉提斯的課程仍然少得可憐，在這個國家的健身房尚未達到飽和的程度；全面混合健身訓練慢慢地開始打響了名號，但是還得要好幾年才可能會像在美國那麼風行。我剛搬到倫敦來的時候，在谷歌（Google）上搜尋「倫敦瑜珈」，結果只找到五家瑜珈專屬的健身房；而我先生的親戚在

新罕布夏州住的那個小鎮上就有七家。

美國人愛做運動，已經成了一種時髦的流行——甚至到了讓人輕易忘記美國人對於運動的執著還是相當晚近的事。一直到一九七〇年代末期，劇烈運動才成為一般人——而不是那些「對健康偏執的人」（health nuts）——會做的事情。特別的是，美國人講起運動，會用到一些在其他文化中只保留給宗教領域或精神生活的詞彙。他們群聚到運動「上師」的身旁，除了感受精神啟迪之外，還保證可以燃燒掉高度的卡路里；他們對於健身非常的「虔誠」；有些健身課程或是教練甚至有如「開宗立派」般廣招門徒，他們受到的尊崇通常不會輸給那些按鐘點收費的人。美國人熱愛健身房——不只是因為極端氣候和難以行走的郊區環境讓很多地方都不適宜從事戶外運動，而是因為他們熱愛參與團體活動，喜歡大家一起運動的經驗中那種社交的成分。

英國人則比較會從事戶外運動。不管他們喜不喜歡，戶外運動都在英國小孩成長過程中占據了很大的一部分。美國學校現在正逐步減少課間休息，縮減體育課的時數，但是英國學校卻熱中於運動會，不管天氣如何，都要小孩子到戶外做運動。在年輕的孩子們穿著短褲，凍得膝蓋發紫的時候，還要不斷地對著他們唸押韻的口號，替他們加油打氣：「不管天氣好，天氣壞／不管天氣冷，天氣暖／我們都不畏嚴寒／不管天氣好壞

／不管你喜不喜歡！」講到戶外運動，英國人自有一種堅忍不拔的尊嚴——這是他們那種咬緊牙根、度過難關的民族性碩果僅存的一點遺緒了。即使已經連續下了三天的雨，操場上一片泥濘，泥水都淹到了膝蓋，但是足球練習仍然不能取消，否則就會創下一個不好的先例，不然小孩子要什麼時候才能打球呢？於是父母親只好瑟縮在場邊，一邊拿著扁瓶喝熱茶（或者什麼更烈的東西），一邊等著。

即使是成年人，英國人也比美國人更願意在爛泥堆裡運動。看看盛行的英國軍事健身運動（British Military Fitness，簡稱BMF）就可見一斑；這是一種在英國到處都看得到的戶外健身課程：「讓你身材更好、速度更快、身體更強壯的最好方法，在此同時，又很好玩。」（只有我覺得在這裡裝模作樣地用到自以為高人一等的「在此同時」〔whilst〕很可笑嗎？）在這個國家各地的公園裡，一年到頭，每天都可以看到一群人穿著不同顏色的圍兜——藍色是初級班，紅色是中級班，綠色是高級班——氣喘吁吁地做伏地挺身（英國人說是*press-ups*，美國人則說是*push-ups*）、波比操[1]和折返跑，而且還有一位穿

---

1 譯註：波比操（burpees）是一種無氧運動，結合了深蹲、踢腿、伏地挺身及跳躍等一連串的動作，在短時間內會將心跳率拉升到將近人體最大值。

身黃色皮革軍裝的退役軍人在旁邊大聲吶喊助陣。美國也有「新兵訓練營」式的運動，但是通常都在有恆溫控制的健身房裡進行。

不管健身不健身，大部分的英國人都喜愛他們不受污染的鄉間環境。綠帶法[2]限制了都市發展的無限蔓延，因此在任何城鎮（即使是倫敦也不例外），無論是開車或是搭火車，都只要幾分鐘的時間，就可以抵達一大片連續且適合健行走路的土地，而不是一眼望去看似無止盡的購物商場和大盒子般的商店；即使路上有房舍、農莊，行人的通行路權——也就是社會大眾可以自由通行的權利——也受到法律的保障。英國地形測量局（Ordnance Survey）保留了大不列顛每一個地方的地形、地徵的官方正式紀錄，出版了六百五十種不同的地圖，詳細記載這個國家的每一個角落；儘管從他們的官方網站上（www.ordnancesurvey.co.uk）可以免費下載客製化的地圖，但是他們每年仍然可以售出兩百五十萬份紙本地圖——足以證明英國人是多麼的熱愛鄉間健行。

結合了這種對於鄉間的熱愛與一種自討苦吃的被虐喜悅，就產生了山野路跑（fell running）或山徑路跑（trail running）

2　編按：The Green Belt Act，英國在一九三八年制定的法律，允許政府收購都市周圍的大片地區，限制城市用地。

——一種源自於北英格蘭地區的山間路跑活動；基本上，就是在山裡上上下下、跑來跑去。《雙腳在雲端：我如何迷上山野路跑》（*Feet in the Clouds: A Tale of Fell-Running and Obsession*）一書的作者李察・艾斯克維斯在接受《每日電訊報》訪問時說，這項運動「讓你跟你最原始的本能重新結合在一起：比方說，求生的本能。在崎嶇的山路上高速往下跑當然很危險，但也正因此才格外迷人：讓你有機會拋開我們在生活中大部分時間都必須堅持的小心謹慎，重新感受自由的滋味。」艾斯克維斯完成了鮑伯・葛萊姆挑戰賽[3]——也就是在二十四小時內跑完四十二座高低起伏的山峰，全程有一百一十公里，爬坡高度達八千兩百公尺。他說：「如果沒有痛苦，就不會有滿足的成就感。」噢，對了，他還自認為是業餘選手呢。

這樣說來，「泥巴煉獄」（Tough Mudder）是由兩個英國人發明的，也就不足為奇了吧。威爾・狄恩和蓋伊・李文斯頓第一次舉辦這個比賽是在美國，結果在短短三年內，就有一百

---

3 譯註：Bob Graham Round是在北英格蘭湖區（Lake District）舉辦的山區越野挑戰賽，參賽者必須在二十四小時內跑完四十二座山。這個比賽以一位旅館老闆Bob Graham（1889-1966）的名字命名，紀念他在一九三二年首度以不到二十四個小時（二十三小時又三十九分鐘）跑完四十二座山。

萬人心甘情願地離開他們的健身房——即使只有一天——親身體驗這種宛如酷刑處罰的障礙訓練：專為英國特種部隊設計的障礙賽程，全長十六到十九公里，包括在冰水裡游泳（「北極震盪」）、爬過充滿泥漿的狹隘管道（「蟒蛇擺尾」），還有電擊——以免課程不夠悲慘。此後，這個活動開始推廣到國際，其中也包括英國；參與的人不但獲得了完成比賽的成就感，同時也替退伍軍人的慈善團體募款。

英國人若是在心裡有個慈善募款的目標，就比較願意接受體能上的挑戰。我還沒見過有哪個英國人會在要求親朋好友掏腰包共襄盛舉之前，就去參加馬拉松、從飛機上跳下來，或者是在攝氏三十八度的高溫下參加兩百四十公里的路跑，穿越撒哈拉沙漠。他們似乎有一種感覺，好像接受這種累死人的訓練挑戰是一件相當自我的事情，似乎太過唯我主義，因此需要想個辦法來抵銷這種感覺；不用說，他們自然也不會想些什麼出風頭的口號或是標榜要建立什麼生活型態。美國人也會為了替慈善公益募款而表現出這種運動員的英勇事蹟，不過那都比較像是自我砥礪與鞭策，他們也會把參加這類活動的訓練本身視為一種高尚的德性。

如果想要更進一步知道這種個人主義和發揮個人潛能的驅動力對美國人的影響有多大，只需要看看美國陸軍募兵廣告的口號就知道了。多年來，這個口號一直都是「盡你所能，發揮

潛能」——特別強調個人重於團隊，儘管世界上沒有哪份工作比當兵更需要以團隊為中心，為共同的目標努力。最近，陸軍的口號又把這個主旨更往前推進一點：「一個人的軍隊」和「反抗期望」。反觀英國陸軍的口號「做到最好」，完全不針對個人；皇家海軍的口號則只是：「這是團隊合作」。想要做一些事情，比方說像是跑馬拉松，純粹只是為了達到「個人最好」的成績或是向自己證明他們可以辦得到，這樣的想法並不會讓美國人感到難堪；他們也會大刺刺地讓服裝公司跟他們說：「每天都做一件會讓你害怕的事！」然而對英國人來說，光是聽美國人說他的養身健康日程，就足以讓他們感到難堪了。

Sorry
抱歉／遺憾

這個字讓我們發現

英國人為什麼拒絕為他們過度使用「抱歉」說抱歉

最近的一項調查指出，英國人平均一輩子要講一百九十萬次的抱歉；而有些人可能還覺得這個數字只是保守的估計而已。從這一點，我們或許可以推論出英國人特別有禮貌——如果抱歉始終，或者甚至經常，表示直接了當的道歉的話，那麼這個推論可能為真。然而，事實不然。他們之所以到處說抱歉，那是因為在他們的英語裡，這個字的含義非常廣泛而多變。A. A.吉爾在撰文提醒那些去倫敦看奧運的遊客時，就誇口說道：「倫敦人的脾氣永遠都是那麼暴躁、易怒，我想我們一睜開眼睛就開始生氣。那些英國人喝茶時的禮節、誇大的『請』和『謝謝您』，說真的，都只是我們用來掩飾自己壞脾氣的口罩而已。比方說，『sorry』這個字就有十幾種不同的語調和說法，其中只有一種是真的表示『對不起』。」

這個字的短短兩個音節，卻可以傳達眾多的情緒與意義，以下只是舉幾個例子而已。

「Sorry!」（我踩到你的腳了。）

「Sorry.」（你踩到我的腳了。）

「Sorry?」（我沒聽到你剛剛在說什麼。）

「SOrry.」（你是白痴啊。）

「SORRY.」（給我滾。）

「SorRY」（有些人還真大膽！）

「I'm sorry but...」（其實我也一點不覺得。）

「Sorry...」（我幫不了你。）

　　當然這一切都跟說話的語調有關，於是「sorry」從此就永遠在翻譯中迷航了。有位美國朋友永遠都忘不了她終於搞懂：原來抱歉也可以是在英國這個階級社會體系中被動攻擊、以退為進的一種工具——將人打發走的一種形式。她剛到英國唸大學的時候，很多人都不怎麼誠懇地跟她道歉，其實只是要她認清自己的本分而已，但是她卻很真誠地回答：「哦，不會，沒有關係！真的沒有關係！」她怎麼會知道呢？有時候，幸運之神還是會眷顧無知之人。

　　英國人是出了名懂得以退為進，因為他們似乎從來不說出

心裡的話——至少不會說出來。在英國文化中，像抱歉這樣一個具有緩和作用的詞彙可能會有各種深淺不一的意思，一個外來者是無法分辨出其中幽微的差別，尤其這個人若是來自一個比較習慣有話直說的文化，或是來自一個對於陌生人之間閒聊話題寬容度比較高的文化，那就更無法體會了。除了用來表示道歉之外，英國人也用抱歉一詞來表示抗議、請你再說一次、安撫他人、化解社交上的尷尬——就算用來表示抗議的機率沒有比表示對不起高，也能稱得上是旗鼓相當——可是大部分的時候，他們的目的都只是表示一種特別屬於英國的禮貌，也就是：禮貌的拒絕。

英國的禮節通常以社會語言學家潘妮洛普‧布朗和史蒂芬‧李文森所謂的「負面禮貌」（negative politeness）的形式出現——全都仰仗跟他人保持彼此尊重的距離，而不侵犯到他們；反之，「正面禮貌」（positive politeness）則是比較廣泛的包容，認定他人會希望得到我們的認同。

唯有日本人——負面禮貌大師——才有勉強接近英國人抱歉的這種反應。難怪去英國觀光的美國人經常猝不及防，也經常覺得自己成了被動攻擊或是被人打發的目標，而不是感受到禮貌。他們對於在英國什麼才是禮貌的誤解並不出人意外，因為美國人就是正面禮貌的縮影。

當美國人說抱歉時，大多是真的表示歉意；可是，至少在

英國人的耳朵裡聽起來，他們未必是表示口頭上所說的意思。美國人好像習慣會重複說一些空洞的話，像是「祝你有個美好的一天！」，而且他們也會輕易地給予別人或接受別人的讚美，即使對陌生人也是不吝惜。英國人覺得這樣的行為極度可疑，於是美國人就此得到了不誠懇的名聲。

英國小說家派翠西亞·芬妮曾經說過，她超愛美國人，因為「不管別人是不是真的尊敬我，只要他們對我以禮相待，表示尊重就行了……我真的不在乎結帳櫃檯那些祝我有美好一天的友善美國人心裡是不是真的想著：『祝妳今日走狗屎運吧，妳這個自以為是的英國老太婆！』，只要我不知道就好了。反正我覺得誠懇這回事是被過度評價了。」但是美國人卻不這麼想。美國人重視真誠，更勝於其他的人格特質。（要不然他們又怎麼能確定大南瓜頭[1]會去收成他們的南瓜田？）芬妮的一位美國朋友就據此為他的同胞辯解，說美國人「……確實尊敬別人，不是裝出來的」。

或許是因為美國人已經習以為常，就像英國人在說抱歉的

---

1 譯註：Great Pumpkin是連環漫畫「史努比」裡的角色，但是卻從來沒有人看過，相當於耶誕老公公和復活節的兔子。唯有奈勒斯·潘貝魯特（Linus van Pelt）相信大南瓜頭的存在，每年的萬聖節都要躲在南瓜田裡等著他出現。

時候一樣，肯定沒有預期別人會有所回應。所以當某位店員對著一位朋友的祖父說：「祝你有美好的一天！」而對方卻回答：「謝謝你，但是我還有別的事情要做。」時，你能想像他有多震驚嗎？

　　美國人擅長交際，喜歡爭取別人的認同；他們總是在尋找跟其他人之間共同點，也是真心地想要發現彼此之間的聯繫。而最常見的方式就是讚美與恭維──尤其是對完全陌生的人。（「我真的好喜歡你的這個！」「你的那個真是棒啊！」）這是因為美國社會的階級流動性會讓人產生不安全感，你在社會階級中的地位不是因為你是誰，而是因為你做什麼（還有你賺多少錢）。因此，美國人才會不斷地向外尋求保證，確認他們沒有做錯事情；但是不可思議的是，他們也從不吝於給予別人這樣的保證。這可能就是芬妮所說的特質了。

　　在英國文化中，大家都想當然耳地認為你的地位穩固，也知道自己所處的位置。可是在現實生活中，又有誰是真的知道呢？幾乎一個也沒有。抱歉和美國人的讚美都有相似的社會功能。碰到無話可說的時候，這樣的一句話可以避免社交上的尷尬，然後藉此轉移方向（英國）或是尋求聯結（美國）──全都打著禮貌的旗號。抱歉也同時可以避免衝突，並且讓人（如果說得夠誠懇的話）表現出其實他是多麼可愛的一個人，儘管有那麼一點點的過失。美國人的讚美則考慮到一些聯結的空

間，在還算自在的那個程度裡強化你的歸屬感——如果你是美國人的話，至少有這樣的功能。

不論如何，這都讓你有些話可以說。講到這一點，珍・奧斯汀對於抱歉一詞還有最後一句話要說。以下是她寫給姊姊卡珊卓的信：

我最親愛的卡珊卓，

自從我在前一封信的結尾裡跟妳說，我預期不會再有什麼話好跟妳說了，這似乎比我原先設想的還要更接近真實，因為我覺得好像沒有什麼……因此，妳可要有心理準備，在這封信的其他幾頁裡無非都是「很高興如何如何」與「很遺憾如何如何」的彼此交替——然而，不幸的是，我沒看到什麼值得高興的事，除非我把威爾莫太太又生了一個兒子和盧肯勛爵娶了一名小妾也都視為喜事一樁，這兩件事對當事人來說，當然都是喜事；——可是我卻發現很多讓人遺憾的情況，第一件事自然就是妳的歸期又延後了，而我能不能撐過這第一個壞消息都不無疑問。悲傷也是徒勞——我聽說就連瑪麗皇后的悲傷對她也毫無助益，因此就更無法期待我的悲傷能有什麼好處了。——我們都很遺憾（sorry），現在話都已經講完了。

Toilet
廁所

用這個字

我們試圖找回一個有用的古字

（同時也勸阻別人不再使用粗鄙的字）

　　每個人都有自己最不喜歡的字；我們自己不會用這些字，而且聽到別人用了還會覺得全身不自在。這些字就像狗哨子，會發出高頻擾人的聲音，讓人聽了頭痛欲裂，但是卻只有我們自己聽得到，而其他人卻可以幸福自在地繼續做他們的事。知名的美國美食家 M. F. K. 費雪就曾經寫過她自己的看法、偏見和反感，並且用了一個冷僻的蘇格蘭古字來形容：「憎惡蹙額之事」（scunner）。這麼一個有用的字跑到哪裡去了呢？自從她在一九八〇年發表這篇〈凋零的行話〉（ “As the Lingo Languishes” ）之後，人類這個種族肯定只會變得更狹隘偏執，也更沒有耐性吧。這年頭，我們不管在什麼時候，都有讓人憎惡蹙額的人物、地方和事情；這一定是某種病毒，在我們的腦

子裡複製增生。

讓費雪感到憎惡蹙額的兩個字眼分別是：好吃（yummy）和絕妙美味（scrumptious），因為她說：「如此幼稚地迴避使用像好這樣簡單明瞭的字，根本就是尊嚴掃地。」就算你能解釋這些字為什麼讓人憎惡蹙額，並不表示一定有什麼道理。這樣的反感有點像是原始的本能，或者說，至少是不由自主的。像我一聽到鮮美多汁（succulent）這個字，就巴不得藏進衣櫃裡再也不要出來。什麼原因？我完全無解。

憎惡蹙額的字可以是高度隱私之事，除了少數親密的朋友之外，其他人都不知道。不過，也非常可能會有一大群人同時對某個字感到憎惡，像這樣讓人憎惡蹙額的字往往可以將個體緊密團結在一起，凝聚力驚人。如果你不相信的話，我可以跟你打賭，你到谷歌上去搜尋「潮濕」（moist）這個在你看來似乎完全無害的字就知道了，如果沒有的話，你大可以把這本書扔在地上，棄之如蔽屣。無論如何，你可能會想知道有好幾篇相當嚴謹的新聞報導都專門在討論和解釋大家為什麼對這個m開頭的字如此反感，而且這樣的反感顯然還非常普遍；討論這個字的人甚至還成立了臉書的社團呢。

讓人憎惡蹙額的字鮮少有跨越國界的，但是有一個字卻拔得頭籌：廁所。這個字在潮濕、潮濕的大西洋兩岸通常——就算不是舉世皆然的話——都不受喜愛；不管是美國人或是英國

人都不喜歡說廁所這個字，不只是因為它跟那個 m 開頭的字一樣都有同樣的雙母音：oi。（噢伊。）

美國人喜歡批評英國人神經質，其實他們自己也有一點神經質。權威的《經濟學人》（The Economist）雜誌就曾經指出，「身體功能……似乎特別讓美國人感到難為情：在英國，你到任何一家餐廳都可以大方地問『便所』（loo）在哪裡，不會有人抬一下眉毛；但是到了紐約，可千萬別嘗試。」在美國，說什麼話都講究美化、委婉，成了一件大事，連醫生、護士都會說某人「過去了」，而不直接說他「死了」。於是，雄雞（roosters）鮮少是公雞（cocks）[1]；美國人的垃圾都送進填土場（landfill）而不是垃圾掩埋場；連他們年長的（絕對不是「老」）寵物都只是送去安眠（put to sleep）而已。美國人在家裡使用的是「浴室」（bathroom），到了外面的公共場所就使用「休息室」（restroom）；就連休息室一詞對某些美國人來說還是太露骨，於是他們都只能到「盥洗室」（powder room）去「淨手」（wash their hands）。

有些人批評美國人——說得還不無道理——比維多利亞時代的人還要更像維多利亞時代的人。事實上，韋伯斯特淨化聖經可是比維多利亞女王登基還要更早的事情；他用經過修飾的

1　譯註：「cock」一詞在英語亦指男性性器官。

美化詞來取代那些他認為可能「會得罪高雅人士」的字，於是在韋伯斯特的監督下，「通姦」（fornication）成了「淫穢」（lewdness），「小便」（piss）成了「排洩物」（excretions），「臭味」（stink）則被「異味」（odious）所取代。美國人從來都不願意得罪別人，甚至形成一股狂熱，凡事都要擺出最好的一面，避免出糗。這還真的非常中產階級。

　　說也奇怪，英國對廁所的偏見也正是從這裡開始。在歷史上，上流社會和低下階層都絕少使用委婉的說法；不論是地主或是佃農，都一樣不斷接觸到出生、死亡和排洩──至少，從理論上來說是一樣的。反而是力爭上游的中產階層極力想跟勞工階級撇清關係，於是開始接納一些上流社會無法接受的法文詞彙來美化他們的語言，例如：*toilette*。

　　誠如菲立浦・索迪在《千萬別說！──禁忌字詞典》（*Don't Do It! A Dictionary of the Forbidden*）一書中所說的，「有產階級的貴族與其佃戶都同樣質疑外國的習慣用法，而反映出來的就是他們偏好使用盎格魯─撒克遜的詞彙，而非拉丁語彙。英國的上流社會成員說豬排是 *chop* 而非 *cutlet*……果醬是 *jam* 而非 *preserves*，甜點叫做 *pudding* 而不是 *dessert*……」上流社會刻意避免使用一些理論上來說比較精緻、文雅的詞彙，結果形成了許多語言上的禁忌，因此像廁所這麼一個似乎跟任何字一樣直接且未經修飾的字眼，卻成了小資產階級矯揉造作

的用法，直到現在還翻不了身；使用這個詞彙的人也成了眾人奚落嘲諷的笑柄，例如BBC電視劇「愛面一族」（*Keeping Up Appearance*）裡那個自以為是又執著於階級的海恩西絲·布奎——要記得，她堅持自己的姓氏得唸成*Bouquet*[2]喔。

我們實在很難相信，到了這個年代，語言中的許多階級標籤都已經像度度鳥一樣絕跡了，而且在英國的每一間公共廁所上頭都有一個招牌以一千號的字體寫著大大的「廁所」二字，對於廁所一詞的反感竟然還流連不去。或許，這正是問題的一部分；因為這讓廁所一詞變得平凡無奇，而說出這兩個字的人則更是平凡無奇。莎拉·莉歐在她的著作《英倫檔案：英國人實戰指南》（*The Anglo Files: A Field Guide to the British*）斷言，廁所一詞被許多人視為「實際上就是褻瀆不敬的言語，是最大的階級標籤」。她還引述一名女子對《衛報》記者強納森·馬戈利斯所說的話：「我寧可讓我的小孩說幹，也不讓他們說廁所。」

英國人覺得美國人的語言屏障極其可笑——尤其是以「浴室」來形容公共廁所，因為正如他們喜歡說的，「那裡面根本就沒有浴缸呀！」——可是他們自己也用了便所和洗手間（lavatory）。洗手間一詞是從基督教會直接傳下來的用法，原

2　編按：起源於法文的單字，意為「花束」。

意是指神父在主持奉獻祈禱時洗手的儀式；你可找不到比這個更潔淨的字眼了。去上「洗手間」是蒙蒂‧派森[3]的伐木工人在唱歌時常常要去做的一件突兀又可笑的事，另外一件則是在每個星期三男扮女裝，妖嬈地在店裡搔首弄姿，「喝茶配奶油司康餅」。

如果你是個焦慮的美國人，既不想得罪別人，又不願意被視一般普通老百姓，那麼洗手間會是無懈可擊的選擇，等於是英式英語裡的休息室。至於便所一詞的由來則不可考，不過隱約好像也跟法文有關。這倒不至於讓這個字看起來可疑，不過卻是比較不正式——你到某人的家裡若是不知道該往哪兒走，就可以用這個字。當然囉，如果你根本不在乎別人怎麼想，那麼你自己知道有哪些字可以用。

---

3 譯註：Monty Python是英國一個由六人組成的超現實喜劇表演團體。他們演出的節目「蒙蒂‧派森的飛行馬戲團」（*Monty Python's Flying Circus*）於一九六九年在BBC上公開播出，共播出了四季，合計四十五集，影響很深遠。

Cheers
乾杯／謝謝／再見

這個字讓我們知道

為什麼維多利亞女王會說：

「給我們的子民很多的啤酒，好的啤酒和便宜的啤酒，

這樣一來，他們就不會造反了。」

從盎格魯－撒克遜時代開始，酒館就在英國的社交生活中占有特殊的一席之地；儘管酒館的數量在一八六九年達到最高峰之後，近年來已經有很多家關門歇業，但是全英國仍然有五萬七千多家酒館。莫利斯・戈蘭在戰前寫給酒館的情書《在地酒館》（*The Local*）中解釋酒館會如此受到喜愛且歷久彌新的原因：「每一家酒館都是某人的在地酒館，每一家都有自己的常客……你走進去時，看到他們隱身在角落的隔間卡座裡，跟酒館老闆娘竊竊私語……真正的常客就跟家人一樣……我自己也是常客，對這家擁有賣酒執照的小店知之甚詳，甚至比對我朋友的事情還要更熟悉……成為常客的要求不高，只要定期出

現，並且對酒館事務表示感興趣即可；甚至不必喝很多酒。」

在英國，幾乎每一個城鎮、每一個區域都有一家酒館符合這樣的描述，這讓美國人想起重播的「歡樂酒店」（*Cheers*）──一齣三十年前的電視劇，故事的場景設定在一家理想中的在地酒吧，「在那裡每個人都知道你的名字」。美國沒有類似的酒館，至少沒有遍及全國的這種制度；美國人常常會把英式酒館想得非常浪漫，因為他們自己多半只能在不知名的運動酒吧或是連鎖餐廳喝酒，目光盯著掛在牆上的電視，而不是大壁爐或是擦得發亮的木製吧檯。只有少數人有這樣的運氣，能夠擁有一家迷人的在地小酒館，但是他們絕對不會將其視為理所當然，因為這個國家裡大部分的人都只能在星期五餐廳（TGI Friday's）或是辣椒餐廳（Chili's）喝酒。（不過我得說句公道話，我到現在都還沒有找到任何酒館的下酒菜能夠跟辣椒餐廳的無骨水牛城雞翅相提並論。）

雖然美國人跟英國人有不同的飲酒風俗與習慣，但是將近一個世紀以來，兩國人在舉杯敬酒時都會說「cheers」。這個字來自法文的「chiere」，原意是指「臉」；後來，這個字演變成用來表示情感或情緒，最後則變成了表示好心情。到了一九七〇年代中期，「cheers」在英國又變成口語上「謝謝」的同義詞，此後英國就一直延續這樣的用法迄今，是一個極具彈性的字眼。別的不說，這是一個可以弭平階級差異的好字：幾乎

每一個人都會說，也適合對每一個人說。（唯一的例外可能就是女王了，不過年輕的皇室成員肯定會用這個字。）「Cheers」也可以用來表示「再見」，在完成任何一項小交易之後，用這個字來作結尾，是最簡單的方式，而且不只是在酒館，你可以用在書報攤、在下計程車的時候，甚至在有人幫了你一點小忙的時候。這個字就跟酒館本身一樣的友善和溫暖。

或許是因為酒館的關係，英國的社交生活有很大的程度都圍著喝酒打轉，遠勝於在美國。英國記者露西・福斯特曾經接受《風格家》（Stylist）雜誌的邀稿而戒酒一個月，她說：「在我的交友圈內有個不成文的經驗法則……就是不能信任不喝酒的人……他們都很可疑，要不是有什麼問題、見不得人的祕密，就是對健康有什麼特別的看法。」酒精最大的吸引力，在於它「會讓你說話，讓你分享，讓你感覺良好，即使只有那麼一下下」。她在描述了整整一個月滴酒不沾的悲慘經過之後，又以質疑的態度採訪了一位正在戒酒的人和一位因為宗教因素而不喝酒的人，最後在一個題為「清醒的事實」的小框內問了一個不言自明的問題：「經過四個星期的滴酒不沾之後，露西的人際關係進展得如何？」（簡單地說，答案只有一個字：慘！）

近年來，在英國有很多人對於國人酗酒豪飲表示憂心忡忡，倒也不無道理就是了。一位曾經在英美兩國都住過的朋友

對此事下了這樣的結論：「在美國，公共衛生對『豪飲』的定義是『一次連喝五杯』，而在英國則是『連續四十八個小時喝個沒停』。」跟多數誇大其辭的說法一樣，這話也不無幾分真實：在美國，一次連喝五杯以上的酒確實被視為豪飲；但是在英國，至少得喝到八杯才算。彼得・海頓在他的《英國酒館》（*The English Pub*）一書中曾經寫過一首打油詩：「仰躺之人猶未醉／尚能再起喝一杯／俯臥之人醉醺醺／無力起身無力飲。」然而，對酗酒的焦慮絲毫都沒有減損英國人對酒館的熱中。

英國畫家威廉・賀加斯在一七五一年發表了兩幅畫作：「啤酒街」（*Beer Street*）與「琴酒巷」（*Gin Lane*），畫中的景象在兩百五十年後的今天仍然沒有什麼改變。賀加斯當年作畫是為了支持一項反對倫敦貧民牛飲琴酒的運動，因此可以看到「啤酒街」呈現合乎衛生、有益健康的景象，頌揚英國傳統的飲酒美德，畫中人物都是營養均衡、工作勤奮、前景看好的中產階級；反觀「琴酒巷」則有天壤之別，此畫中的人物個個營養不良，放蕩墮落，有個木匠打算賣掉工具去買琴酒，一位母親甚至還把孩子摔落到欄杆外，還有一具屍體正要塞進棺材裡。他要傳達的訊息是：喝酒本身並不是壞事，而是飲酒過量──尤其是低下階層的人──才是問題。在一七五一年，當時的目的是為了阻止本地商店出售少量但是酒精濃度高的廉價琴酒，讓一般民眾不容易買到酒；最近英國也在討論是否要實施

每一單位最低訂價的制度,限制超市無所不在的「買二送一」促銷活動,以減少酒精的消耗量。

不負責任的飲酒方式,每年平均浪費了英國納稅人大約兩百一十億英鎊的稅金——如果你將額外的警力和醫療費用全都算進去的話。英國醫療協會(British Medical Association)估計,全國有將近四分之一的人有飲酒過量的問題。反對最低訂價政策的最有力理由就是指稱這等同對窮人加稅,反倒是高收入族群——再怎麼高檔的皮諾葡萄酒價格都嚇不倒他們——才是酒精消耗量增加幅度最高的族群。

美國人的酒精消耗量跟英國旗鼓相當,也造成了同樣的社會問題。但是美國是更宗教化的國家,因此舉凡跟歡樂有關的活動都會產生罪惡、羞恥的聯想,尤其是喝酒。雖然禁酒令早在一九三三年就撤銷了,但是有些本地社區還是選擇維持嚴格的規範,禁止在公共場所喝酒,其結果就是即使到了今天,美國仍然有兩百多個郡完全禁酒,還有更多地方是部分禁酒。這些郡縣大多位在那條聖經帶[1]上,不過也有例外,如賓州、俄亥俄州和密西根州都有非常嚴格的法令規範,讓這幾個州的郡縣大多符合部分禁酒;即使在自由派當道的新英格蘭,在最深

---

1 譯註:聖經帶(Bible Belt)是指美國的基督教福音派在社會文化中占主導地位的地區。俗稱保守派的根據地,多指美國南部。

入所謂「齊佛」（Cheever）國度[2]的心臟地帶，那些需要來杯酒澆熄心中渴望的白人盎格魯─撒克遜新教徒保留區內，都還是有禁酒的城鎮。

　　美國人向來就比英國人保守，也沒有像英國人那樣輕鬆看待喝酒一事。一八三二年，法蘭西絲・特洛勒普──也就是英國小說家安東尼・特洛勒普的母親──到美國來淘金，最後卻寫了一本討論美國禮節的書。她說：「我們〔英國人〕絕對不像隔著海峽住在對面的鄰居那樣歡樂，但是跟美國人比起來，我們簡直就像陀螺一樣轉個不停；每天都是假期，每晚都是慶典。」美國人對於喝酒的態度因地方而異。在布魯克林，你可以在啤酒園替兩歲大的孩子辦慶生會，但是在阿爾巴尼就會有人不以為然，到了其他城鎮，甚至還真的是違反了法律規定。很多美國人為了健康因素避免喝酒，卻毋需背負這個理由在英國承受的污名。比方說，就算加州人再怎麼熱愛他們本地產的葡萄酒，也還是得要小心，不要違反了比以前更嚴格的酒駕規定；可是反過來說，得來速酒店肯定是美國人的發明，有許多得來速酒店都在南部地區，跟那些有最嚴苛禁酒法律的地方只有咫尺之遙。美國人喝酒還真是矛盾啊，這樣說一點也不誇張。

2　譯註：「齊佛」國度是指美國小說家 John Cheever（1912-1982）筆下人物所居住的地方，大多集中在美國東北部的新英格蘭地區。

鼓吹禁酒的人曾經一度倡導要對喝酒的人施予體罰，包括：給予他們有毒的酒精飲料、將他們放逐到阿留申群島上的集中營、烙印、鞭刑、閹割，甚至予以處決。在短短不到百年後，美國人對喝酒的態度尚未完全復原，一點也不奇怪吧？這些極端的純粹主義分子要是知道〈星條旗之歌〉（The Star-Spangled Banner）原本是根據一首古老的飲酒歌改寫而成的，不知心裡又會做何感想？

　　這也是美國人為什麼羨慕英國酒館的原因。酒館是安全、友善的地方，讓每一個人都覺得受到歡迎。你可以在那裡吃午餐，可以帶小孩子一起去（至少在白天可以）。到英國觀光的美國遊客可能會發現這裡的調酒少得可憐，那是因為有嚴格的標準化度量（法律規定，一份烈酒最多只能有二十五到三十五毫升），可是我們總是可以辯稱這是公共服務，因為已經有明文記載琴酒的危險。再說，反正啤酒要有趣的多了。說到這個，住在美國的英國人可能會對美國啤酒的品質感到詫異。在各地蔓延的手工啤酒提供飲酒大眾多樣化的選擇，而不只局限在非常冰涼、非常平淡的全國性罐裝品牌；他們反而對美國酒吧內提供的各式調酒不怎麼感興趣，這些調酒大多加了大量的冰塊，而且毫無例外地都會插上一根吸管——沒有哪個超過五歲的英國人會想要用吸管喝飲料。

　　那「cheers」又怎麼說呢？或許是因為去英國觀光，又或

者是因為英國小說、電視和新聞的影響，美國人最近也開始用它來表示「謝謝／再見」。就像一位美國人說的，「我喜歡聽〔cheers〕，而不喜歡陳舊的『回頭見』或是『待會兒見』。不管你喜不喜歡，老美和老英都是表兄弟，事實就是這麼簡單。Cheers！」不用說，並不是每個人都像他這麼熱中。

就像一位住在紐約的英國銀行業者就曾經抱怨說：「我真受夠了客戶跟我說『cheers』！美國人說『cheers』簡直就像是『歡樂滿人間』裡面的迪克・凡・戴克，總是這樣熱情洋溢。這個字一定要說得簡潔有力才行。」的確，說的方法確實有關係。英國人是從嘴角兩側發出類似「chis」的聲音，用以表示「謝謝」或是「再見」；但是美國人沒有注意到，不管他們是在舉杯祝賀或是比較不正式的隨意告別時，反而唸成「cheers」──同樣露出牙齒，而且「r」的捲舌音也唸得太重，隱含了驚嘆的意味。有些美國人對於他們移民海外的同胞隨意借用「cheers」也不太高興。有人就大聲嚷嚷地說：「這年頭，為什麼每個人動不動就說 cheers？……我要開始說……『我是不是剛剛喝了酒卻連自己都不知道啊？』」

有人對借用「cheers」的美國人產生如此強烈的反彈情緒，或許看似氣量小了點兒，但是語言學家卻一點也不意外。琳恩・莫菲就在她的「兩國一語」（Separated by a Common Language）部落格裡寫道：「如果你用了另外一個地方的字，

而你在這個地方並沒有『與生俱來的權利』，那麼你使用這個字就會被視為『非正統』……由於渴望與某一群人交往，而你所身處的文化對這一群人中又未必永遠都有正面的刻板印象——這些刻板印象就會影響到你所使用的字……因此，在英國使用美國字會被視為『懶散』、『懶惰』；而在美國使用英國字則會被視為『高傲自大』、『矯揉造作』。」

講到這裡，好像只能用一個字來做結尾了：*Cheers*！

Knackered
累癱了

用這個字
我們的孩子讓大人變得集體遲鈍

　　就算你完全不知道「knackered」這個字是什麼意思，但是在聽到「我完全累癱了（knackered）！」這樣一句話時，你也不會錯認它的含義。這個字在英國俚語中代表「筋疲力竭」（exhausted）的意思，通常還會伴隨著無力下垂的雙肩和微微顫抖的聲音。此外，講到這個字還有一種特別的英國唸法：美國人唸這個字太過分強調 r ——結果聽起來太活潑、太有生氣，一點都沒有累癱了的感覺——而英國人則省略掉這個音，發音比較接近「nnakk-uhd」：第一個音節要慢慢地唸，然後吞掉第二個音節。

　　可是「筋疲力竭」並不能完全掌握「累癱了」這個字的全部精髓。「knackered」這個字在字面上的意思就是指老弱牲畜的屠宰場，而且專指屠宰那些年老體弱，已經完全沒有力氣

站立、奔跑或是馱重物的馬匹之所。《牛津英語辭典》裡甚至還有一個更精細的解釋，把「knacker」當動詞用，表示：「宰殺、閹割；通常有變得虛弱的意思，表示筋疲力竭，疲乏不堪」。在接下來的例句中，都是以運動員或軍人為例，但是根據我自己的經驗，「我累癱了」通常是新手父母最常重複的一句話。

在異國他鄉，生孩子是學習同化的最佳方式之一。懷孕和初次為人父母的共同經驗，讓你有機會認識甚至結交一些朋友，而這些人在你卸貨（pop your sprogs）──這是英式英語，表示生小孩──之前，跟你可能幾乎沒有什麼共通之處；結果你進了產房，上了育嬰課程，還去了遊樂場和網路聊天室，碰到一群人使用你完全陌生的詞彙來描述人生的這個階段，於是你也跟你的 *bub*（英式英語，指寶寶）一樣，一起學習了很多新的單字。

首先，你會開始認識醫療體系──這個醫療體系不但有個古怪的縮寫，還有許多古怪的地方。英國的國家健保制度（National Health Service，縮寫為 NHS）確保每位懷孕婦女都能在公立醫院裡獲得基本標準的良好照顧，完全免費（或者說是由我們的稅收支出）；此外，NHS 也會提供每位有需要的孕婦額外的醫療照顧。不過在實際上呢，這就表示如果你出了什麼問題，一定會得到所有必要的關照，否則就確實沒有什麼照

顧可言。在英國NHS健保制度下，任何人若是懷孕生產，沒有發生什麼併發症的話，都會覺得很幸運——可是不免也有一點受到忽視的感覺。在英國NHS健保制度中，每位孕婦接受超音波檢查的次數是兩次——不像在美國，若是有完善的醫療險保障，可能會有六次之多；不過話說回來，每一個人都有兩次，沒有任何人會完全漏掉產前檢查——即使在美國，現在還是會發生這種事。再說，即使有最完善醫療險保障的美國人，在生產完畢、走出醫院時，也不可能一毛錢都不欠；不過，我在英國NHS健保制度下懷孕、生產，總共只付了兩鎊半，而且還是我要求把第二次超音波檢查的照片印出來的費用。當然，那些希望享受個人化照顧的孕婦還是可以選擇上私人醫院看醫生、生小孩；你或你的保險公司可能必須支付約一萬五千鎊——跟在美國生產的平均花費差不多，或許還要稍微少一點。

　　緊接在NHS之後，對英國父母來說，最重要的縮寫就是NCT了——這是國家生育信託（National Childbirth Trust）的縮寫，此一非營利慈善組織有兩個最主要的目的：一是鼓吹父母的權利與利益，二是教育新手父母。不過他們偏愛不使用藥物的自然生產，倒也不是完全沒有爭議就是了：有些人覺得NCT把生孩子這件事描繪得太過美好樂觀，未必符合實際情況，甚至開玩笑說，這個組織的縮寫其實代表「自然生育信託」（Natural Childbirth Trust）。這個組織充滿了天真爛漫的理

想，洋溢著熱情，總是展開雙臂歡迎新人——對於自然、生態、有機充滿了狂熱，如果設在紐約布魯克林的公園坡或是波特蘭，或許還比較不會讓人感到突兀，可是通常不會讓人聯想起英國。

話雖如此，加入NCT，參與他們的產前（在英國稱之為 *antenatal*，在美國則稱之為 *prenatal*）課程，仍然是成千上萬的英國父母必經的人生之路；而最大的好處就是他們提供了一個社群。在NCT的產前群組中產生緊密的感情，並非罕見之事；有些成員即使在產假（在英國通常是六個月到一年）結束了很久之後——有時候甚至到了孩子長大離家之後——依然保持聯繫。我在NCT學到了一個老派卻迷人的習俗，就是在小孩呱呱落地之後，帶著蛋糕到每一位新朋友的家中拜訪；在我那個NCT的群組裡，因為大家相處的時間真的很多，彼此熟悉到任何一位父母都可以在其他人的孩子哭鬧時，順手抱起來予以安撫，彷彿我們就是一個大家庭似的。這種融洽到完全沒有隔閡的經驗真的很迷人，而且前前後後維持了一年左右，直到最後一位產婦回去上班為止。

這也不是說我們都沒有別的事做。我們會推著推車或是嬰兒車（在英國，他們叫做 *perambulator*，簡稱為 *prams*；這個字眼會讓人聯想起褓姆，穿著漿燙得筆挺的白色制服，而不是一身勁裝、精心打扮的媽媽），一起散步，走很長的路；

我們也會情緒激昂地辯論：該不該給孩子吃奶嘴（英國人叫做 *dummies*，美國人則稱之為 *pacifiers*）或是該不該付錢去私人診所替孩子接種水痘疫苗（在 NHS 健保制度中，這還不是必須施打的標準疫苗）；我們會彼此交換有用的訣竅，教大家如何清洗掉沾在嬰兒連身服（英國人說是 *Babygros*，美國人則說是 *onesies*）上的「牛奶酒」（posset）——也就是美國人說的嬰兒吐奶。說來讓人一頭霧水，也有點噁心，「牛奶酒」正好也是一種含有乳脂的甜點名稱，在那一年，我們一邊忙著抱起新生嬰兒放在大腿上保持平衡，一邊憂心忡忡地討論小孩在嬰兒床（在英國叫做 *cot*，在美國人則叫做 *crib*）上猝死的統計數字，也吃了很多這種甜點。我們彼此之間有一種在壕溝中併肩作戰的同志情誼，知道我們可以盡情地嘀咕（英國人叫做 *whinging*，美國人則稱之為 *whining*），耍小姐脾氣（英國人說是 *wobblies*，美國人則說是 *tantrums*），埋怨自己每天都睡不飽、另一半不夠體貼或是夫家親戚的一些風涼話，都不會有人用批判的眼神看著你。說起來或許一點也不奇怪，在「Mumsnet」上——英國一個最受歡迎的線上媽媽論壇——最常見的一個縮寫就是「AIBU」（「Am I being unreasonable?」——我是不是在無理取鬧？），而回答的人則可以說「YABU」（你是在無理取鬧）或是「YANBU」（你不是在無理取鬧）。

我們是一個多元文化的群組：三分之二是英國人，但是也

有一個美國人（就是我自己），一個義大利人和一個澳洲人；所以，我得學著使用某些字眼，否則根本就沒有人知道我在說什麼鬼。關於這一點，我心裡有點掙扎。我的朋友喬治也有同樣的反應，他是英國人，娶了美國老婆，在紐約成家立業；我們兩人都覺得有必要堅持某些從小用到大的詞彙——不只是為了保留一點心理上的慰藉，也是為了不讓我們的孩子被完全同化。就以尿片來說好了，我始終無法說「nappy」，就像喬治怎麼樣也說不慣「diaper」一樣。而我一心想讓我女兒「學會兩種語言」的一番苦心，則被她自創的詞彙給打敗了——因為她把尿片稱之為「gagas」，背後的邏輯非常奇怪：如果她爸爸說是「nappy」，而媽媽卻說是「diaper」，那顯然一定都是他們自己捏造出來的語言，因此她也可以自創一格。過了一陣子之後，我們家裡的人全都把尿布叫成了「gagas」。不過，所謂共有的文化經驗就是這麼一回事兒——不論是在一個國家、在聊天室、在NCT的群組或是在一個家庭裡的文化。

等到孩子長大到學步的年紀，開始去上托兒所（nursery）或是美國人說的學齡前學校（preschool），像這樣的文化衝擊就更嚴重了。在英國的美國父母必須學會長褲叫做「trousers」，而不是「pants」（在英國這個字是專指內褲）；受傷的時候要貼的OK繃叫做「plasters」或是「Elastoplasts」，而不是「Band-Aids」。他們必須知道，在英式英語裡，「to go potty」就是「有一點瘋瘋癲癲」——而不是在一個密閉空間裡，你訓練學步的孩子去做的那檔事。他們也必須習慣孩子們把最後一個英文字母「z」唸成「zed」而不是「zee」，把零唸成「noughts」——就像圈圈叉叉連成一條線的遊戲叫做「noughts and crosses」而不是「tic-tac」。聽到孩子們說到「porky」，就必須知道他們指的是「謊話」——這個字的由來是考克尼方言的兒歌，裡面用「豬肉餡餅」（porky pies）來取代「謊言」（lies）。順帶一提，如果你上幼稚園小班的孩子回家來跟你說要帶「rubbers」去學校的話，千萬別驚慌，因為他說的是橡皮擦，而不是保險套。而且因為孩子們說話的腔調和語言受到同儕的影響比父母親還要大，所以你可能一輩子都會被叫成「mummy」——因此請千萬不要繼續在腦海中勾勒出大都會博物館埃及展示館裡面的木乃伊了……如果可以的話。

至於那些在兩個國家都會唱的童謠，他們的歌詞也會有些微妙的差異，可能會讓美國父母覺得有點褻瀆神明。當你第一次聽到孩子唱到：「繞著玫瑰樹叢，口袋裝滿花朵，*Atish-oo*、*Atish-oo*，我們全都倒了。」[1]可能會忍不住一股衝動，想要教她

1　譯註：這首兒歌的英國版歌詞為：「Ring around the rosy/A pocket full of posies/A-tishoo! A-tishoo!/We all fall down」；但是美國版的歌詞為：「Ring-a-round the rosie/A pocket full of posies/Ashes! Ashes!/We all fall down」。

照著妳的方式唱；可是其中有些差異似乎還是升級版。比方說，在唱遊兒歌〈變戲法〉裡，美國版的「Hokey Pokey」就比英國版的「Hokey Cokey」要有趣的多，不過你可能也會發現英國版的合唱部分出乎意料之外的有意思：「哇，變個戲法〔Hokey Cokey〕／哇，變個戲法／哇，變個戲法／膝蓋彎，雙手伸，啦！啦！啦！」有這麼活潑的合唱曲，誰會不喜歡「Hokey Cokey」呢？英國《每日電訊報》報導威爾斯親王殿下最近去斯里蘭卡訪問時，走進一間教室，跟著正在唱遊的孩子們，一起「彎曲膝蓋，伸展手臂，轉圈子，顯然很開心有這個機會『跟著搖一搖』」。看起來，有些樂趣是舉世皆然的。

美國和英國父母教育小孩的方式各有不同，其中的差異不可能一言以蔽之。其實，對於教育的看法和作法，光是伊斯林頓和肯辛頓[2]之間的變化，可能就跟倫敦和紐約之間的差異一樣多了；然而，帶小孩的經驗卻是不管走到哪裡都差不多：都是一團混亂。

無怪乎每個人都累癱了！

2　譯註：Islington和Kensingon是倫敦的兩個行政區，分別位於倫敦的東西兩邊。

Brolly

因為這個字，雨，就來了

而且天天下雨，每、一、天都下雨

  裝置藝術「雨屋」（Rain Room）首度在倫敦展出時，有七萬七千多人去參觀，有些甚至等了十二個鐘頭才得以進場。這個作品的創作者是一個以倫敦為本營的年輕藝術團體「蘭登國際」（rAndom International），他們形容自己的作品就是「一個一百平方公尺的地方，下著大雨，卻可以走在雨中⋯⋯而不會淋得全身濕透」。動作感應器會偵測到人站的地方，停止他們周圍的水流。在倫敦展出之後，又移師到紐約的現代藝術博物館（Museum of Modern Art）展出，去看展的許多觀眾都有這樣的經驗：在（實際的）雨中等候半天，去了解控制（人造）雨的感覺。「蘭登國際」是十一位藝術家的組合，其中有八個人都來自英國，他們會選擇排隊和下雨做為藝術的媒介，有什麼好大驚小怪的呢？

英國人對天氣要求不高，不像法國人，好像永遠都不會碰到如他們意的天氣。英國人性格堅忍，可以忍受在野餐時被淋成落湯雞、在泰晤士河上泛舟遭強風吹襲或是在泥濘的土堆中參加戶外的婚宴；要破壞英國人的遊興，還得要發生更嚴重的事情才行，就像星巴克在英國開設第一家店時所做的廣告一樣：一群人穿著夏裝，在滂沱大雨之中暢飲冰咖啡。即使天氣不怎麼好，英國人還是堅持要享受他們的花園和長椅，就像曼哈頓的紐約客，即使吸著熱氣，揮汗如雨，還得不時地趕走上前來乞討的遊民，他們依然堅持要坐在戶外的咖啡座一樣。如果你有機會到英國一遊，拜託你幫英國人一個忙，入境隨俗一下——千萬別抱怨天氣如何不好，免得冒犯了他們；英國人對他們天氣的感覺，就跟你對家裡那個不長進的成員一樣。他們自己可以發牢騷、嘀咕幾句（英國人叫做 whinge，美國人說是 whine），但是外人最好還是閉嘴。

英國人愛討論天氣是出了名的，而且毫無節制地花費了大量的時間談論天氣，不過這也是師出有名。把話題引導到談論天氣，或是接著其他人跟天氣有關的話題引子，都絕對不會出錯，除非你打算提出跟他們不同的意見，因為——噓！小聲點！——英格蘭的天氣真的沒有太大變化。在赫特福、赫爾福

和罕普夏，絕對不會有颶風[1]；一年四季，有時候下雨，有時候出太陽；有時候熱一點，有時候冷一點，有時候在一天之內一會兒變熱，一會兒又變冷；下雪的冬季反倒成了異象。所以沒有什麼讓你提出不同意見的空間，正是因為如此，對習於保守的人來說，天氣成了最好的話題引子。誠如莎士比亞說的（雖然他是透過一個傻子唱出來的）：「這雨啊，天天都下，每天都下。」

下雨還不算太糟，只要你記得帶傘的話——美國人說是 *umbrella*，英國人叫它 *brolly* ——雖然並不是每一個人都會使用這個公認為老派又屬於中上階級的用語，但是這個詞彙依然存在，而且我們可以一致認同：這個字比英國人愛用的大部分暱稱都要可愛的多，例如把「早餐」（breakfast）和「比司吉」（biscuit）暱稱為「brekkie」和「biccie」。雨傘大約在西元前一千年就已經問世了，在其間這些年，雨傘技術並沒有太大的改變（雖然美國專利局有四名全職員工專門在評估自認為可以改進雨傘技術的美國人所提出來的新專利申請）。依據我的經驗判斷，英國人比美國人更可能隨身帶著雨傘，以備在需

---

1 譯註：此處是改編電影《窈窕淑女》（*My Fair Lady*）中的歌曲〈The Rain in Spain〉裡的歌詞「In Hertford, Hereford, and Hampshire, hurricanes hardly ever happen」。

要時可以應急；就算是艷陽高照，氣象預測也說不會下雨，但是沒有人能保證一定不會下。嚴格說起來，這倒不是悲觀主義作祟，純粹只是經驗法則戰勝了希望。大部分的人都有一個小小的櫃子裝著各式各樣的傘，適用各種不同的情況，以免被大雨逮個措手不及：有那種便宜的傘，可以在上班時放在辦公桌底下；也有體積很小的傘，可以塞進大衣口袋或是皮包裡；還有堅固耐用的傘，適合在鄉間健行時使用；當然也有高級昂貴的傘，可以在下雨的夏日夜晚帶著去參加婚禮或是晚宴。在英國，幾乎到處都可以買得到傘，但是如果你想要買最好的傘，全世界第一家雨傘專賣店「詹姆斯・史密斯父子公司」（James Smith & Sons）從一八三〇年開業迄今，依然在新牛津街五十三號為您提供服務。

對於從天空直接傾盆而下的大雨來說，傘是最好的工具；如果碰到偶爾出現的怪異冰雹，那更是不可或缺了。（雖說下冰雹時通常會引起街上的吃吃笑聲，但是這些小冰塊打在身上還真的很痛呢！）然而，有時候，雨點是斜著打過來的，有時候甚至幾乎像是從地表蒸發出來的霧氣一樣籠罩你全身上下，這個時候你就會需要一套A. A.米恩[2]在〈幸福〉（"Happiness"）

---

2 譯註：Alan Alexander Milne（1882-1956），英國作家、詩人和劇作家，不過他最知名的著作是關於小熊維尼的作品。

那首童詩裡所形容的穿著打扮:「大大的防水靴⋯⋯大大的防水帽⋯⋯〔還有〕大大的防水雨衣。」

沒有人能比英國人更會做雨衣了。到處都可以看到有人穿著Barbour出品的上蠟棉夾克和Burberry風衣,即使在盛夏也不例外;不過,若是穿著全新的,似乎有一點丟臉,因為此間最合乎正統的穿著水準是介於「不修邊幅的大學教授」和「衣衫襤褸的獵場守衛」之間。而連綿的雨天讓人出乎意料地容易達到這種美學標準。

有些美國人喜歡取笑英國人不厭其煩地談論他們單調的氣候,但是會這樣批評的人其實都沒有抓到重點。對英國人來說,談論天氣是放諸四海皆準的閒聊話題──或者也是唯一可以接受的藉口,讓人得以跟陌生人搭訕或是跟隔壁鄰居攀談。如果你不談這個,那很可能就會錯過跟其他人溝通的最好機會。談論天氣可能會很無趣,卻可以充當開場白,讓你們可以更進一步深入交談,但是如果你不開個頭,就永遠都不會知道。

美國人凡事都講究大,連天氣都喜歡誇張刺激──而他們的天氣也不負所望,有颶風、龍捲風、東北暴風雪和冰風暴等等。在美國,從東岸到西岸,大部分的州都有截然不同的溫度變化。這些都符合美國人誇大又喜歡自吹自擂的個性,相信這些劇烈天氣不只是剛好發生在他們周邊,而是衝著他們來的。有些類型的暴風甚至還取了名字。美國國家颶風中心

（National Hurricane Center）從一九五三年起就開始替大西洋颶風命名，按字母和時間序分別為：安娜、比爾、克勞黛、丹尼……（在一九七九年之前，所有的颶風都只用女性名，可是現在是男女名字穿插交替）；這些名單每六年循環一次，每一份名單上的名字都不會更動，唯有在發生災情特別慘重的颶風時，才會讓這個颶風的名字「除役」。不過諷刺的是，通常都是那些名字聽起來最溫柔的颶風造成的破壞最慘烈：比方說，剛開始的時候，艾琳颶風（Hurricane Irene）看似無傷大雅的暴風雨，這個名字聽起來好像可以請她來照顧小孩或是去街角的星巴克替你買一杯特大杯脫脂拿鐵的小女生，可是一個星期不到，她就緊緊地掐住了整個海岸線，造成六十七人死亡和約莫一百六十億美元的損失。

最近，氣象頻道（Weather Channel）也開始替冬季暴風命名，有助於在推持和其他社群媒介快速傳播訊息；替暴風命名的主題標籤也變得流行起來。對於這樣一個替大型暴風雪命名的機會，美國人躍躍欲試，這些未經氣象頻道認可的非官方名稱大多衍生自好萊塢的電影，比方說：「末日暴風雪」（Snowmageddon）、「暴風雪啟示錄」（Snowpocalypse），或者是根據凱文·史貝西在電影「刺激驚爆點」（*The Unusual Suspects*）裡那個殘暴惡毒的角色命名的「凱瑟諾斯」（Kaisernoze）等。美國的天氣有時還會出現像「雷雪」

（thundersnow）這樣的異象——正是天如其名的又打雷、又下雪。所以我們也不難想像為什麼會有腦筋不太正常的人想出像是電影「風飛鯊」（*Sharknado*）這樣的點子：「怪誕的颶風席捲洛杉磯，這一次，自然界最凶殘的殺手稱霸陸海空，數以千計的鯊魚讓泡在水中的人類聞風喪膽！」嗯，這聽起來幾乎像是可能發生的事。

美國人談起極端天氣，他們都會有一種「啊，那個時候你在哪裡？」的懷舊感，這種情緒只有在他們談到政治暗殺時才能相提並論。他們像是著了迷似地看氣象頻道，而且不只關注本地消息，因為無論在什麼時候，總是會有某個州宣布進入緊急狀態。至於追風節目、追風旅遊、災難觀光——也全都是美國人發明的。事實上，我們都愛看到「正常播出的節目」突然中斷，只要這些暴風雨不要逼近我們自己就好了。氣壓降低時，我們的精神反而高漲了。

不過，這種因為天氣引起的興奮之情也有例外，這一點很重要，千萬要記住：對於不尋常的天氣或是發生在美國其他地方的天氣，再怎麼樣大驚小怪都沒有關係，但是對於自家區域附近被視為正常的天氣，可千萬不要有太激烈的反應。在某些地方，極端天氣根本就是家常便飯。例如在明尼蘇達州，短短幾個鐘頭就可以積雪達好幾呎——而且是在四月喔——根本沒有人注意，就連那些要趕搭飛機的人也不會特別關注。我認識

幾個明尼蘇達州的人，不管戶外是攝氏二十九點五度或是零下三十六點五度，他們都照樣出門，還開心地形容這樣的溫度是「很舒服的範圍」，而他們附近的人也不會感到詫異；一位從佛羅里達州來的朋友，則是氣溫降到攝氏一度以下，就死也不會出門去慢跑——不過話說回來，她也覺得抱怨自己住的地方濕度太高是一件很可悲的事（那種感覺像一出門就有一塊濕搭搭的海綿往你臉上撲來）。

不管是英國人或美國人，都把惡劣天候視為一種試金石，測試民選官員的危機反應；如果這些官員被人發現反應不夠快，大禍就會臨頭——光是幸災樂禍的冷言冷語就足以要人命，可是最糟糕的情況更可能造成令人震驚的損失，那時候恐怕就連笑都笑不出來了。比方說，二〇一四年一月，喬治亞州在下了幾吋深的雪之後——這種雪量在大西洋北極圈內的居民眼中看來，可能只會輕描淡寫地說「不過飄了幾片雪花罷了」——就迫使居民在公路上棄車，甚至還得動用國民軍來救災，於是我們看到州長納桑・狄爾出面為政府準備不周公開道歉；而在另一方面，我們也看到在卡崔娜颶風（Hurricane Katrina）侵襲紐奧良市，造成百分之八十的市區淹在水裡，一千八百多名居民死亡——其中很多都是溺死的——之後，市長雷・納金的反應，或許是因為每一個人都把矛頭指向他，要他給個交代，於是他決定把責任推給上面那位：「上帝肯定是生了美國

的氣，才會派遣颶風一個接著一個地來。」

英國的政治人物也不好過。過量的豪雨每隔幾年就導致英格蘭鄉間的嚴重水患，危及居民的房舍、生意、牲口和生計。每當這種情況發生，住在倫敦的各黨派政治人物就紛紛開著他們的 Land Rover 越野車去賑災，結果卻只是招來嘲諷，說他們是「穿著長統雨鞋去觀光」；於是本地或全國性的報紙就會出現像這樣的標題：「穿著雨鞋〔wellies〕的愚人〔wallies〕：水患災民被政客口水淹沒」。（「wally」一詞是俚語，指一無是處、沒有用的人。）在最近一次水患中，威廉王子和哈利王子帶著軍隊到災區協助堆放沙包，贏得不少掌聲，但是去得太晚，也做得太少；在水患中，還有一些因素比洪水更難以平息、更具有殺傷力、也更讓人感到恐懼。如果你看到只不過比平常多了那麼一點點的雨就造成如此巨大的災難，你可能就會覺得英國人對於天氣的執著似乎不只是一個開場白而已；而一個會隨著人類意志讓雨水停止的房間，看起來好像也不失為一個好主意——即使要排一整天的隊才看得到。

Bespoke
量身打造

一個尊貴的古字卻被俗人利用
——不過，不是美國人

　　不久前，在網際網路上出現了一段高度文明的對話。一位英國的西服裁縫（tailor）與一位美國的男裝師傅（haberdasher）發現他們完全認同一個字的定義，而且兩人都覺得這個字遭到貶抑了：「量身打造」（bespoke）。湯瑪斯・馬洪才剛在他的部落格「英式剪裁」（English Cut）中替讀者澄清這個字的定義：「很多人把『量身打造』和『訂做』（made-to-measure）這兩個詞彙混著用，他們都搞錯了。『量身打造』可以追溯到十七世紀，當時的裁縫在他們的營業場所都有整匹、整匹的布料；當顧客選了某一匹的布料，就會說這匹布『有人訂了』（be spoken for），然後裁縫再根據你個人的特殊要求，替你一個人做衣服，那才叫做『量身打造』……而『訂做』則是使用固定的基本版型，然後再大致依照你個人的尺寸予以調整修

訂。」量身打造西服在英國已經有好幾百年的歷史了——特別是在薩維爾街——在美國則沒有那麼久。專業男裝師傅傑夫·柯林斯先生在留言板上回應道：「在美利堅合眾國這裡，很難找到一位從事你這個工作的人；我們大部分的衣服都只是訂做，就像我提供客戶的成品大部分都是如此，因此當其他同業宣稱這是『量身打造』的西服時，總是讓我覺得很困擾；他們把這個字用得太寬鬆了。穿著量身打造的西服應該有一種專屬和尊榮的元素才對。」

在薩維爾街做一套量身打造的西服大約要花一百個鐘頭，而依照使用的布料不同，花費介於三千鎊到一萬鎊之間；西服的每一個細節，從版型到鈕扣孔，都完全是手工縫製，客戶通常要試穿四次，確保線條剪裁完美合身。量身打造這個字在歷史上倒不完全是百分之九十九點九九九都跟英國人有關。今天，只有極少數的幸運兒，諸如皇室貴族、搖滾明星和獨裁暴君，才有這個意願和經濟能力，買得起這麼多選擇的特權。不過，有錢人（不管是哪一國的有錢人）總是把很多選擇視為理所當然。

在美國，幾乎沒有人認識量身打造這個字，這一點倒是跌破很多人的眼鏡，因為你一定覺得美國的廣告業者絕對超愛用他們的髒手來玷污這麼一個高貴尊崇的詞彙；然而，純粹只是因為很少有人聽說過這個字，而且典型的美國男人大多只穿卡

其褲或牛仔褲搭配球鞋，並不表示在美國缺乏這樣的概念。美國人向來認為「可以自由選擇」是他們的天賦人權，因此不管做什麼事，幾乎都會表達他們自己的意見。

在美國，穿著打扮或許不是量身打造的，但是你知道什麼才是嗎？答案是：三明治。你在熟食店點餐時，要求十一種特殊的配料，櫃檯後方的店員絕對不會皺一下眉頭；然後他們會快手快腳地做好三明治，也絕對不會翻白眼。哦，我說過這還很便宜嗎？我在去英國多年之後回到美國，發現我點的烤火雞（不是蜜烤火雞喲）、瑞士起司、辣味芥茉醬、低脂美乃滋、醃黃瓜、蕃茄、不加生菜的全麥三明治竟然漲到六塊半時，心裡還有點不爽呢；然後，等我拿到成品，那不僅僅是藝術品，而且份量還大到嚇死人。

在英國，每年可以賣出一百一十五億個三明治（發音要唸成「samwidges」），其中大部分都是預先做好的，然後裝在一個三角形的紙盒裡，盒子上有一塊黏著透明玻璃紙的小窗口，讓你可以瞄到裡面看起來黏乎乎或是乾萎的內容物；端視三明治製作者的風格有多花俏，三明治裡夾的東西可能是起司加醃漬物（用洋蔥做成的黃褐色配料，味道有點倒人胃口）、鮮蝦美乃滋（鮮蝦沙拉）或者是我的最愛——雞肉酪梨加松子（我並不討厭）。「Pret A Manger」——法文店名讓你知道這店屬於中產階級，但是少了法文專屬的抑揚符號，又跟你確認你還

在英國無誤——是最受歡迎的一家三明治店，每天提供大約二十種不同的三明治，菜單還會隨季節更迭替換；這家連鎖店在紐約和美國各地的塔吉特（Target）賣場都開了分店，也培養了一批死忠顧客，其中有一部分原因要歸功於他們勤勉不懈的市場調查。「Pret A Manger」為了迎合美國人的口味，絕不想當然耳地認定同樣的產品會在大西洋兩岸同樣受到歡迎；但是新鮮感當然也是他們成功致勝的一大功臣，只不過新鮮感終歸會消褪。每天中午都吃預先做好而且份量一致的三明治，你很快就會厭倦他們的標準餡料和故作可愛方便的紙盒包裝；在「Pret A Manger」吃一頓午餐比去街角的熟食店要貴，他們提供了一種讓人心安的假象：多樣化的選擇和所有三明治「都是在本店當天現做！」的承諾。（「當天現做」原本就是消費者對三明治應該可以視為理所當然的最基本要求，可是這個口號顯然奏效。）

在此，我要對美國讀者提出一個善意的警告：接受了標準化的三明治，可能就表示開始放棄了你所熟悉的選擇權利。這有一點社會主義的意味。很快的，那些希冀能有一點點個人化選擇的人，就必須跟英國人一樣，去「量身打造」的三明治店了——他們要不是把你最喜歡的三明治做成了最薄、最可悲的版本（因為想要在價格上跟「Pret A Manger」一較高下），不然就是得花好長的時間才能做出一份美味豪華的餐點，而且價

格貴到讓你不久之後就得把最大的孩子拿去典當了才能付得起。即便如此，若是你嚴格的品質水準超過五項指令，不管你的口氣再怎麼溫柔有禮，用詞再怎麼典雅謙卑，都還是得忍受店員的白眼。美乃滋，好的；但是「低脂」美乃滋？我幾乎可以聽到那個傢伙在心想著：「媽的，搞什麼鬼啊！」這可不是美國人預期得到的選擇，因為就連在「漢堡王」，你都可以「自由選擇」了。

若說一個國家最後能夠吃到什麼樣的三明治，都是他們咎由自取，或許不甚公允；但是一個國家要求什麼樣的三明治，最後就吃到什麼樣的三明治，這樣說就不失公平了。儘管英國人午餐吃的預做三明治多半都還相當不錯（這是他們說的相當[1]），但是這也代表了接受你無法得到真正想要的東西。或許你可以得到你還算喜歡的東西，甚至可以在固定的選項中選擇自己要的，但是你卻不能從頭開始就選擇自己想要的冒險歷程。英國人對自己應有權利的意識都到哪裡去了呢？

在此，我要提出一個完全沒有充分證據支持的假設，把這一切都歸咎於希特勒。在二次大戰期間，英國人每個星期典型的食物配給包括四片培根、四盎斯的乳瑪琳、兩盎斯的奶油、一盎斯的起司、一點茶葉和八盎斯的糖；撇開糖不說，在今天

1　編按：關於「相當」（quite）的用法，請見第27頁。

只靠其他的食物要做成一個午餐吃的三明治恐怕都力有未逮。至於肉類，則是依照價格分配，而像罐頭、穀類等其他食物則必須用點數來購買。從一九四〇年到一九五四年間，配給制度一直以不同的程度持續施行；當美國人在享受戰後的富裕繁榮時，英國人又多過了九年匱乏將就的日子。

在配給時代度過童年的人，對於當年所吃的食物，都還保留著栩栩如生的記憶。BBC保留了一個檔案，全都是跟戰爭有關的第一手資料，裡面充滿了平實而有趣的細節。由於糖果糕餅相對短缺，那就表示胡蘿蔔條也算是一種甜點；現在大家任由其放在廚房流理檯上變黃腐爛的香蕉，在當時可是個傳奇。英國記者奧本龍・沃爾在他的自傳《這樣行嗎？》（*Will This Do?*）一書中，就提到了那個在英國每個小孩只能分配到一根香蕉的時代，可是他卻從來沒吃過，因為每當他媽媽帶著三根香蕉回家時，他父親伊夫林就立刻在三個飢腸轆轆的孩子面前吃光光，還加上鮮奶油和糖；多年之後，他的兒子寫道（雖然沒有什麼說服力）：「若說我始終不曾原諒他，那也太荒謬了。」

另外一位在戰時長大的人也寫道，他要不要把盤子裡的食物吃光光，「根本就不是一個可以論辯的議題」，因為他若是不吃光，就會「遭到譴責說是不知感恩，而且以斬釘截鐵的語氣告訴我說，在世界上的某個角落，有個小孩若是能吃到我面

前的東西，就會高興的不得了……於是，我練就了一門感官上的藝術……先是聞一聞食物，然後……以迅雷不及掩耳的速度舀起來，把不起眼的食物吞下去，絕對不讓食物的任何部分接觸到我的舌頭」。等到這清空餐盤的一代長大成人之後——也到了比較富裕繁榮的年代——也會用同樣的規矩來要求他們的孩子。

樸素節約就意味著餐桌上極少數的樂趣必須來自看似不太可能的源頭。有個女人寫道：「對我來說，最值得稱道的，就是從美國來的罐頭肉；那是我們平庸沙漠中的綠洲，樸素海洋裡的甘露。我覺得當時的味道嘗起來，似乎比現在更多肉、更多汁，也更美味。（無疑又是記憶搞的鬼。）我們夾在三明治裡吃，拿來跟薯條一起炸著吃，甚至搭配沙拉吃冷的，或是剁碎了做成罐頭肉雞蛋餡餅，當然到最後搞不出什麼花招，也就不再有我們所期望的那種變化了。不過我卻始終吃不膩。」蒙蒂・派森劇團最出名的短劇就是「罐頭肉」（Spam），也不是沒有理由的。

人們在提起戰時那種物資匱乏的記憶時，似乎也不無一絲自豪的味道。配給制的公平性以及共同的恐懼與挑戰，讓大家緊密地團結在一起，表現出他們是多麼的堅忍不拔、適應環境；現在講起來，對於英國的那些年，還帶有一點真誠的懷舊——甚至有點感傷。在自家的土壤上熬過戰爭，給他們灌輸了

責任感與民族榮耀，這降低了人們的期望，也遏阻了個人對於他們的慾望可能是或者應該是宇宙中心的想像；直到一九八〇年代左右，這種應享權利的意識才慢慢地開始抬頭，有趣的是，「Pret A Manger」也正是在這個時候問世，打著每天現做的口號，提供令人眼花撩亂的三明治選擇。

戰爭有許多揮之不去的遺緒，其中一個就是「有什麼就吃什麼，沒什麼好挑剔」的想法；英國的小孩子常常聽到這樣的耳提面命。另外一個格言則是：「『我想要的』〔I want...〕，永遠都得不到」；這是鼓勵小孩子要有禮貌（「請問我可以……」〔Please may I have...〕），壓抑他們還沒學會像成人一樣用合理化來掩飾的自我。這是一個高尚的目標，但是很難想像美國的父母會用同樣的方式來達到這個目標；美國對這樣的情懷非常陌生，甚至連覺得有趣都稱不上。不過，再過一個世代，或許連英國也沒有了。這都要怪那些廣告行銷人員。

如今，在英國提供顧客最多選擇的店，其實是從薩維爾街借用「量身打造」一詞而來的：量身打造的蛋糕、量身打造的三明治、量身打造的咖啡；現在所有的一切都是量身打造的。連在這個字的發源國度，都將量身打造這個概念弱智化，讓美國的那位男裝師傅傑夫・柯林斯忍不住想拿針戳瞎自己的眼睛。這話聽起來或許有點傻氣，不過也代表了英國擁有的選擇程度，實際上也到達了一個全新的境界；也差不多該是時候

了。在英國人的眼中，美國人對於選擇的期望或許有點孩子氣、有點自私，甚至有點善變無常；沒錯，你愈是經常得到你所要求的東西，就愈可能會開始相信那是因為你應該得到這些東西——這是在任何一個年代都要不得的態度。然而，回過頭來再想一想：如果貓王艾維斯生在英國，這世界上就不會有油炸花生醬、香蕉、培根三明治了[2]；美國人替我們引進了多層三明治、費城牛肉起司三明治和總匯三明治——顯然這也是溫莎公爵及其夫人華里絲‧辛普森[3]最喜歡的食物，他們對於選擇自己的冒險歷程有什麼優缺點，想必是點滴在心頭。因為誠如美國人所說的，如果你不開口要，就永遠得不到。不過另外一句話也很重要：小心，你的願望可能會實現。

---

2 譯註：據稱這是貓王艾維斯‧普利斯萊（Elvis Presley）最喜歡的三明治。

3 編按：溫莎公爵夫人華里絲‧辛普森（Wallis Simpson）為美國名媛，溫莎公爵（前國王愛德華八世）為了娶她放棄了王位。

Fortnight
兩週

這個字讓我們找到了
英國人比美國人休了更多——也更長的——假期的原因

　　英國小說家C. S. 路易斯[1]曾經寫過：「未來就是每一個人以每小時六十分鐘的速度逼近的東西，不管他在做什麼，也不管是什麼人。」英美兩國的人儘管有各種差異，但是他們對於時間的態度卻是非常類似的。兩國的文化都非常重視準時與勤奮工作，也按照固定的時間在過日子；他們對於時間也有共同的看法，認為時間是一種可以節省、花費或是浪費的資源，不過大概只有美國人才會誠實地發表這樣的意見，大剌剌地說：「時間就是金錢。」儘管如此，他們對於時光流逝的表達方式，還是有一點極其幽微的區別，只不過這樣的差異並不足以造成長期的困擾就是了。英國人書寫日期的方式，是先寫日

1　編按：C. S. Lewis（1898-1963），最著名的作品是《納尼亞傳奇》系列。

期，再寫月份，最後才是年份；而美國人卻是從月份開始寫起。英國人用二十四小時制來書寫時間，於是下午四點三十分，在需要非常精確表達時間的時候——例如在安排會議行程（scheduling要唸成「sheduling」）或是談到火車、班機的時刻表——就得說成「十六點三十分」；而美國人則用十二小時制來表達時間，唯一的例外就是軍隊用語，因此美國人會說「四點三十分」或是「四點半」（half past four）——英國也會這樣說，不過他們也可能會更簡短地把四點半說成「half four」。英國人還有一個特別的字，「兩週」（fortnight），就是指兩個星期，十四天，不過美國人就只是說「兩個星期」。

兩個星期——也就是他媽的兩週——正是美國人說他們每年「只有」這麼一點休假（度假）的時間，讓英國人聽了大驚失色；講到英國人和美國人對於時間的態度，可能只有這一點，才是他們真正有歧異的地方。英國人每年擁有——而且也確實休了——至少二十天的假，另外再加上國定假日（英國人稱之為「銀行放假日」〔bank holiday〕），每一年的有薪假加起來快要整整一個月；而且，二十天還只是歐盟規定的最基本休假，英國周邊國家的國民每年休假的天數都比英國人還要多更多。法國人有九週，就連德國人也有八週——這似乎不是總理安潔拉・梅克爾可以輕易簽字取消的福利。因此，有薪假被視為一種人權，而不是特權，英國人覺得完全可以好好利用，

無需感到愧疚。其結果就是每年真的有所謂的淡季，幾乎沒有什麼人坐在辦公桌前工作。有六成的英國居民會在七、八月，也就是學校放暑假的期間，去度長假（至少都有兩週）；另外，在耶誕節和新年之間的那個星期，整個國度也幾乎陷入停滯狀態。這是世界上最文明的一個國度在生活上所表現出來最文明的一個面向。

反觀美國，美國是全球先進經濟體之中，唯一沒有保證勞工能夠休有薪假的國家，也是少數幾個不要求雇主提供勞工有薪假的富裕國家（包括日本）之一，跟英國形成強烈的對比。雖然百分之七十七的美國公司都提供有薪假，但是有四分之一的美國人仍然完全沒有任何有薪假。除了六天的國定假日之外，典型的勞工一年只有十天假——而且還只有在同一家公司工作滿一年之後才能休假。

至於那些幸運擁有有薪假的美國人，卻經常不好好用這個福利。根據美國藝珂人力資源公司（Adecco USA）最近所做的研究指出，有百分之七十五的勞工不會在十一月之前休完所有的假期；雖然我很想說這是因為他們堅持清教徒那種勤奮工作的精神，但是實際上比較可能的原因是因為他們壓力太大，不敢休假，或者是想把稀少的假期留到年底，跟家人共度耶誕節，因為大部分的美國公司在十二月二十六日就恢復正常上班，不像在英國仍屬國定假日，稱之為「節禮日」（Boxing

Day）。就算好不容易休假去了，美國人還是很少真的完全脫離工作，有些人依舊每天打電話回公司去問有沒有事，否則他們就有被視為懶惰蟲或是遭到同儕鄙視的危險。值得注意的是，藝珂的調查發現：有百分之六十五的受訪者說他們希望能夠擁有再多兩到三個星期的休假，但是大部分的人卻連現在僅有的假期都休不完。

英國人一年休個幾次長假，每次長達兩個星期，都不在少數；而英國占有鄰近歐洲其他國家的地利之便，也表示他們常常有出國旅遊的機會，通常都是出國去追逐在自己國內稀有的陽光。他們大多前往法國南部、西班牙和葡萄牙。講到這裡，我忍不住要多說一句話：儘管英國人一天到晚都在取笑美國人用一種裝腔作勢的腔調在講法文——像是「fill-ay」、「buff-ay」之類的——其實他們自己也經常一個勁兒地錯唸成「fill-ET」、「buffy」；而同樣的這批人到了西班牙度假時，又會臉不紅、氣不喘地捲起舌頭來，用怪腔怪調的西班牙腔跟你說他們去了「艾比莎」（Eyebeetha）和「馬巴雅」（Marbayah）。伊比薩（Ibiza）和馬貝拉（Marbella）都是以光鮮亮麗的夜店和讓人心情放鬆的海灘聞名，兩地都是追求健美身材、熱愛把自己曬成古銅色肌膚的時髦客聚集的地方；有些陽光普照但是消費相對比較便宜的地方，則比較受到英國退休族的青睞（英國人把這一群人稱之為「pensioners」，美國人則說是「retirees」）

——像是葡萄牙的艾爾加維（Algarve）地區，我的朋友凱薩琳則戲稱那裡是「愛爾墳場」（Algrave）。我幾乎忍不住要替這些出國避難的退休族感到難過和遺憾：他們只不過渴望擁有一點可靠的天氣，就被迫要離鄉背井，跑到南歐一個想都想不到的角落去殖民；他們群聚在一起，吃著自己從家鄉帶來的食物，完全忘了要去學西班牙文或是葡萄牙文。這在在都證明了一點：每一個國家真的都需要——也應該要有——他們自己的博卡拉頓[2]。

有八成的英國公民都有護照，而他們海外旅遊的目的地，則多半是歐洲的其他國家；至於歐洲以外最受歡迎的目的地，在美國人眼裡看來，都是非常冒險的旅遊地：塞浦路斯、埃及、北美、果阿那（Goa）和甘比亞——佛羅里達只以些微的差距緊追在後。儘管英國人出國旅遊時喜歡參加旅行團，住在食宿全包的度假村，讓他們無法自稱是全世界最賦有冒險精神的遊客，但是他們足跡所及之處，遠超過大部分的美國人。而且他們也都在比較年輕時就出國遊歷，這都要歸因於還算晚近才發展出來的傳統——至少是經濟比較富裕的學生——也就是在進大學之前預留一個「空檔年」（gap year），實際上就是長達十二個月的假期。他們之所以能夠有這樣的機會，有一部分

---

2 譯註：Bota Raton 是美國佛羅里達州棕櫚灘郡最南端的城市。

原因是因為英國大學的學費比較便宜，也就是說，英國學生在畢業後積欠的學生貸款可望比美國學生要少；此外，英國人也可以用他們的歐盟護照在海外工作，所以他們不必揩父母的油——雖然有很多人還是照揩不誤。

機票比價搜尋網站「Cheapflight.com」在二○一三年所做的一項調查顯示，百分之八十五的美國人寧可回到他們熟悉的地方，也不願意賭一把，選擇新的地點旅遊。這也是為什麼紐約、佛羅里達、內華達和夏威夷等地，就占了百分之九十八的美國人旅遊地點。《美國的假期缺乏症》（*America's Vacation Deficit Disorder*）一書作者威廉·查默斯就曾經感歎過去美國家庭坐上車子到其他領域探險的日子不再，還引用查爾斯·庫拉特[3]令人聞之心酸的話說：「多虧了有州際高速公路系統，現在開車穿越美國，往返東西兩岸，真的有可能什麼東西都看不到。」查默斯估計曾經出國旅遊的美國人可能不到百分之五，儘管國務院最新的數據顯示：百分之四十六的人都申請了護照——這個比例已經是歷史新高了。

美國是一個豐富多樣又多采多姿的國家，非常值得一遊——只要去問問去年到美國旅遊的四百萬英國居民當中的任何

3　編按：查爾斯·庫拉特（Charles Kuralt）（1934-1997）是美國CBS電視網的資深記者，曾製作一系列「在路上」（*On the Road*）節目。

一個就會知道了。可是在美國要到處走走（或是離開），都非常昂貴、困難，而且要花很多時間。火車又慢又老舊；油價跟大部分國家比起來都是出了名的便宜，但是開車的路途卻是非常遙遠。我小時候住在佛羅里達南部，如果全家人要去一趟位在中部的迪士尼世界，至少得花八個鐘頭；如果要離開州界，那還得再多開五個鐘頭。

因此，我們放假時最常去的地方就是迪士尼世界以及在喬治亞州薩凡納的祖母家，也就不足為奇了吧？我們很少全家人一起搭飛機，我們認識的其他家庭，也只有三、四家人曾經去過歐洲——通常只是去探親。艾波卡特（Epcot）的「世界櫥窗」（World Showcase）——裡面有十一個人造的「國家」：墨西哥、挪威、中國、德國、義大利、日本、摩洛哥、法國、英國、加拿大和（說也奇怪）美好的美利堅合眾國——就是我在十九歲之前最接近出國的國際歷練了；我對那裡還真的是深深著迷：聞著墨西哥與挪威館裡潮濕、像是排水道的氣味（一定是從館內有水的部分散發出來的），吃著「法國」糕餅點心，搭配令人難以消受的「日本」生魚片，然後慢慢地踱到「未來世界」。

這幾十年來，英美兩地的航空票價變得便宜了，也讓更多人搭得起飛機，不過搭機的經驗卻沒有變得更愉快。搭乘廉價航空的乘客必須忍受種種沒有尊嚴待遇的新聞不勝枚舉，但是

我們仍然很難想像還有什麼比搭乘瑞安航空（Ryanair）還要更悲慘的經驗——那是歐洲生意最好的一家廉價航空公司。在起飛之前，乘客就已經一點一滴地遭到剝削：從列印登機證、托運行李、攜帶手提行李、選擇座位；在起飛和降落之間，凶神惡煞般的空服員就拚命推銷各式各樣的小東西——報紙、飲料、零食，甚至刮刮樂彩券。（「現在，又到了瑞安航空戳戳樂的時間，我們準備要用尖尖的棍子戳你的眼睛。要買護目鏡嗎？好的，十歐元。」）不過，如果你看得懂他們密密麻麻的複雜條件，那機票還真的便宜到像是不用錢似的。英國人學會了忍受這些不悅，以便能夠省下一些旅遊的預算——有時候，在大半夜出發或是降落在某個偏遠的區域小機場（就當成是自願模擬在歐洲境內旅行無法體驗到的時差吧！），也還是值得。美國人就比較難以適應這種為了低廉票價的妥協；儘管一分錢一分貨，但是對於他們得到的服務，似乎仍然無法壓抑心中的怒氣。

由於英鎊的強勢，對英國人來說，去很多地方度假都比在國內待一個星期還要便宜，特別是去美國。有一陣子，你到佛羅里達機場，隨便扔個石頭，都會砸到一個拎著空行李箱的英國遊客，準備在箱子裡裝滿免稅商品；飯店走廊上也到處都散落著他們留下來的購物袋和紙盒；好像每個倫敦的計程車司機都有能力可以請一家人到邁阿密的海灘度假一週。對美國人來

說，歐洲是相對比較昂貴的地方；大部分的物品都跟國內差不多一樣的價錢，不過卻是以英鎊或歐元計價——因此血拼不是非常流行。你比較可能在博物館裡碰到美國人，而且在慷慨的英國，很多博物館還都是免費的，不像到紐約的現代藝術博物館得要花二十五塊美元；他們也喜歡去參觀一些文化遺址，讚歎那些隨隨便便都比美國早了幾百年的歷史建物。

　　英國人喜歡在自己國內度假，也確實會去參觀歷史悠久的房舍和地方，像是史前巨石陣或是莎士比亞的故鄉——雅芳河畔的史特拉福。不過那些古意盎然的建築，對他們來說，大部分早就司空見慣，有很多人甚至還住在這樣的房子裡，每天都可以親身體驗到古早人的生活方式。比方說，在屋子後面硬搭出來的一間通風良好的浴室，因為蓋房子的時候根本就沒有浴室；衣櫃和收納空間更是少之又少。跟美國人不一樣，英國人早就習慣了跟他們的歷史近身接觸，只不過未必是出自他們自己的選擇。英國的房子住起來可能相當不舒服——即使是新房子也不例外——因為英國的房子愈蓋愈小。英國皇家建築師學會的報告指出，在一九二〇年，房屋的平均大小是一百五十三平方公尺，有四個房間；而現今同樣等級的房屋卻只有三間房，面積縮水到只有八十六平方公尺。現在一房公寓的平均大小，約莫等同倫敦地鐵的一節車廂。

　　美國的房子通常都要大的多。二〇一一年，新建房屋的平

均面積為兩百三十平方公尺，比前一年要多出了八平方公尺。而擔心付不起貸款來買這些愈來愈大、也愈來愈舒適的房屋，或許也是讓美國人兢兢業業地工作，不敢輕言休假的一個原因吧——雖然他們都極需要休假。不過，如果我們可以說美國人在家裡比較輕鬆自在的話，那麼幾乎可以肯定地說：英國人是走到世界各地，無入而不自得。

Clever

聰明

這個字讓我們察覺到

貫穿兩國之間，有一種共通的反智思緒

「我不是全世界最聰明的人，但是我肯定會挑聰明的同事。」

「我並非不聰明，只是解決問題的時間長了一點。」

如果你問美國人：聰明好不好？他們多半會說好；但是如果問美國人覺得自己聰不聰明，答案可能就不太一樣了。上述的兩個例子，分別出自富蘭克林・羅斯福和艾伯特・愛因斯坦——後者是移民到美國，而非一出生就是美國人；此人天資聰穎，讓他的名字幾乎等於是天才的同義詞，只不過美國人更常用來當作諷刺的侮辱，而不是讚美。比方說，在某人犯了很多錯之後，就可能會有人說：「幹得不錯嘛，愛因斯坦！」羅斯福此言或許是為了拍他內閣的馬屁，而愛因斯坦只是想鼓勵大眾再多努力一點，但是美國人跟聰明這個字無疑有愛恨糾結的關係。聽聽他們怎麼用這個字，你可能會懷疑他們是否真的認

為聰明是一件好事：

「我受夠了你這個聰明的混球給的評語了！」
「沒有人喜歡自作聰明的人。」
「你別在那兒跟我耍小聰明。」

　　在美國，如果你是有天分的運動員、音樂家或演藝人員，愛怎麼炫耀才華，都絕對沒有問題，但是太過尚智卻一點也不酷。在學校裡最聰明的孩子絕少是最受喜愛或是最受歡迎的一個，而且這種情況還會一直維持到成年期——如果他們始終搞不懂機智聰明用在什麼地方會受到歡迎，什麼地方不會的話。

　　沒有人喜歡受到聰明人的擺布，所以那些去唸頂尖大學的人在一群不同背景的人群裡往往不會直呼他們的母校。「我去波士頓唸大學」就代表「我唸哈佛大學，不過拜託大家還是喜歡我好不好？」美國人不喜歡菁英主義，他們總是把尚智主義與菁英主義聯想在一起；這也是巴拉克‧歐巴馬在總統任內一再遭遇到的挑戰，批評他的人總是想方設法地要證明他就是《紐約時報》所說的「在哈佛受教育的百萬富豪菁英分子，萬分肯定他什麼都知道，而那些跟他有不同意見的人只是腦筋不正常。雖然歐巴馬先生在一個不甚尊貴的環境中由單親媽媽撫養長大成人，而且他還曾經說過母親必須仰賴食物券度日；

雖然他唸私立學校，不過卻必須休學一年工作償還大學的助學貸款——這些都不打緊，因為歐巴馬先生的理智自信就是讓他渾身上下散發那種氣質，讓他成為他以前從來都不是的一種象徵。」《洋蔥報》（Onion）更是一再地拿箇中的詼諧幽默來作文章，宣稱「樂翻了的民權領袖」說巴拉克·歐巴馬「重新定義了誰可以被抹黑成自以為是又高高在上的蛋頭」，因為現在美國人終於「可以忽略歐巴馬的膚色，看到底下那個在哈佛唸過書的聰明混球」。反之，有很多美國人都認為喬治·華盛頓總統有點笨——他常誤用文字，又愛吹噓他在學校是專吃「大丙」的學生，這一點是眾所皆知——但是他們從來不曾指控他是菁英分子，儘管他也是一路從安多佛（Andover）[1]、耶魯和哈佛畢業，而且還是出身美國最成功的一個政治世家。這就足以顯示他真的並不笨。

英國人有一個字專指那些有這種聰慧才智的人，就是「聰明」（clever）——不過通常不是用來讚美別人。英文裡有個常見的說法：「聰明過了頭」（too clever by half），暗指一個人對自己的智慧感到自大且過度自信，這種表現總是惹惱別人或是讓別人覺得此君目中無人。在備受歡迎的兒童節目「粉紅豬

1　譯註：指安多佛菲利普中學（Phillips Academy Andover），是位在美國麻州安多佛的一所私立寄宿中學。

小妹」（*Peppa Pig*）裡，許多擬人化的哺乳類動物都住在同一個城上（而且說來奇怪，所有的動物身材大小都差不多——從豬到兔子、貓狗，甚至斑馬），其中艾德蒙是大象家族裡年紀最小的兒子，他最喜歡到處去糾正博物館導覽員有如連珠炮的介紹，因為他知道所有該知道的事情，包括恐龍；每當他打斷別人，發表了一段自以為是的演講，惹得其他人猛翻白眼時，他總是會發出小小象吼，說：「我真聰明！」在英文中，「clever clogs」是有點貶抑意味的名詞，專指那些比一般人聰明卻又不如一般人謙虛的人。在一個完全無法接受「自吹自擂」（blowing one's own trumpet）的國度，這個笑話還挺流行的，甚至可能成為幼兒養成教育的一個重點。

在英式英文中有另外兩個字也有類似的意思：「boffin」和「anorak」。「anorak」的意思是有怪癖的呆子，指那些專注沉溺於極小眾主題的人，通常是男性（這個詞彙源自他們經常穿的那種不是太時髦的擋風夾克——想想電視影集「歡樂酒店」的克里夫·卡雷文〔Cliff Clavin〕就知道了）；而「boffin」一詞則是對科學家稍微親暱一點的稱呼，這個名詞的出處是在二次大戰期間對那些專門技師、工程師或解碼工程師的暱稱——多虧了他們，我們才能打贏那場仗。而今天，誠如羅勃特·赫頓在《淘氣女、小孩與科學家》（*Romps, Tots and Boffins*）一書中所說的，這個詞彙主要用在新聞標題，形容那

些「在大學工作、考過GCSE〔即普通中學學力認證（General Certificate of Secondary Education）〕科學學科或是穿著實驗白袍的人」。

在英國，一如在美國，展現自己的聰明才智純粹就是無禮──倒不是因為聰明不酷或是因為會被視為菁英分子，而是因為那就是一種炫耀；正如莎拉・莉歐在她的著作《英國人實戰指南》一書中所斷言的：「自吹自擂……讓你看似咄咄逼人、野心勃勃、自我感覺良好、又膨風──瀕臨成為美國人的邊緣。這些事情的邪惡面從學校開始就在他們的腦子裡根深蒂固地扎了根，學校也不鼓勵他們說自己比其他任何人要好，就算他們真的比別人好。」就連奧斯卡・王爾德──英倫三島上曾經出現過的最愛現、最愛炫耀的一個人──也知道這一點；他曾經勇敢地自我貶謫，只不過從來都不成功。他說：「我聰明到有時候連我自己在說些什麼都不知道。」

美國人不信菁英主義這一套，英國人亦復如此，可是在英國可以公正地指責誰是菁英分子，倒是比較沒有模糊地帶。英國首相大衛・卡麥隆跟美國總統歐巴馬一樣，也經常要面對他是菁英分子的指控，不得不挺身而出為自己辯解，然而他的背景還真的是非常高貴，有人就批評他替許多在伊頓公學（Eton）時代的好友安插在重要的顧問職位，也沒有準備好要替「平凡的」選民發聲。他接受昂貴的教育還真是他的不幸，

因為他若是可以從一般公立學校挑選兒時友人的話，政府形象就要好的多了。（在英國，公立學校稱之為「state school」，相當於美國的「public school」；不過在英國，「public school」反倒是指某些菁英的私立學校）。有趣的是，卡麥隆跟他太太莎曼珊已經宣布他們要將女兒送到公立中學唸書，讓她在那邊接受「正常的」教育。卡麥隆將成為第一個送小孩去公立學校唸書的現任保守黨首相。

英國的階級高低與區別更明顯，也就意味著他們可以比美國人更明確、也更清楚地說明階級之間的緊張與怨忿，不過他們多半以幽默詼諧的方式來表現。比方說，聰明在英國會如此遭到污名化的一個原因，正是中產階級的父母不憚其煩地訴說他們的孩子是多麼的「聰穎」（bright）──通常是做為他們行為不當的藉口。傑若米・哈迪曾經在BBC第四廣播網的節目中，以極其可笑的方式模仿中產階級的父親：「妙麗太聰穎了，所以她才會那麼頑皮，我是這樣想的啦。她比其他孩子都要更聰穎，那正是她惹惱他們的原因，我是這樣想的啦。」長久之來，英國人都認定：聰明的人，呃，多半都不是非常和善。老實說啦，也不是每個人都在乎──英國人比美國人更能接受聰明人的粗魯無禮──可是伊莉莎白・渥茲華斯夫人的一首小詩正抓住了這種矛盾的精髓：

若是所有的好人都聰明，
所有的聰明人都很好，
這個世界會變得更美好，
比我們設想的更美好。

可是不知道為什麼，通常都不是如此
此二者始終不和，
好人對聰明人總是太嚴苛，
而聰明人對好人又太粗魯！

伊莉莎白夫人是詩人威廉‧渥茲華斯的姪孫女，在一八七九年到一九〇九年間，擔任牛津大學瑪格麗特夫人學院（Lady Margaret Hall）的院長，當時她創辦了聖休斯學堂（St. Hugh's Hall），專收窮人家的女兒來唸大學。後來，聖休斯學堂改名為聖休斯學院（St. Hugh's College），成為現今牛津大學三十八所學院中規模最大的一所。所以，她可能正是極為罕見的稀有動物──既聰明又和善。她這首小詩的最後一段給我們所有的人都帶來了希望，原來聰明並非永遠都是貶抑詞──如果我們的悟性夠高的話。

所以啦，朋友們，讓我們一起努力

讓他們兩個彼此理解

因為鮮少有人能夠像聰明人那麼好，

也鮮少有人能夠像好人那麼聰明。

Ginger
薑紅色

這個字讓古老的衝突與歧視持續至今
仍然讓英國的紅髮族日子難過

　　我曾經看過一篇有趣的文章，講的是「美麗時差」，比較倫敦、紐約和洛杉磯等地女性的梳妝習慣；顯然住在愈西邊的女性對美麗的期望愈高，也愈注重打扮與「合乎禮節」。（倫敦：剪髮和乾淨的手指甲；紐約：吹整和美甲；洛杉磯：以上都要，再加上挑染、修腳趾甲、仿曬。）我自己的經驗也證實此言不假，不過對於美的標準，在大西洋的此岸和彼岸，則沒有太大的差別——只有一個例外。

　　在美國，紅髮是特別且令人艷羨的對象，儘管偶爾還是會有人抱持愚不可及的刻板印象，認為紅髮女子性格暴躁、反覆無常。在遊戲場上，孩子們都會取笑跟別人不一樣的小朋友，紅髮當然也不例外；不過，美國人對於紅髮，多半會聯想到查爾斯·舒茲筆下的紅髮小女孩——也就是史努比漫畫裡，查

理‧布朗暗戀的對象。這個角色的範本是舒茲本人單戀未果的女孩，他對這個角色崇敬有加，因此從來不曾真的將她畫出來，寧可讓她活在讀者的想像中。在美國，自然紅髮的人（大約只占總人口數的百分之二）是廣受模仿的對象，像克莉絲汀娜‧韓德瑞克和艾瑪‧史東等等女明星，就引起了一波紅髮熱潮。

反之，在英國，紅髮的人是一輩子都會遭到訕笑嘲諷的對象，甚至還有零星的暴力相向。他們被稱之為「薑紅」（ginger），這個名詞不只是形容他們的髮色，更可能是歧視辱罵的詞彙。美國女星潔西卡‧崔絲坦在泰國拍片時曾經跟《GQ》雜誌說：「曾經發生過，我在街上走，就有人──英國人──停下車子，對著我大喊：『薑紅！』」英國模特兒莉莉‧蔻兒也曾經因為頭髮的顏色遭到霸凌；她跟《週日郵報》（Mail on Sunday）說：「我還記得自己覺得很沒有安全感。我跟別人見面時，總是想著他們不會喜歡我──那真的是一個思考的過程──因為我的頭髮是紅色的。這當然很荒謬。」

紅髮歧視（gingerism）的危險不僅止於霸凌而已。最近傳出來的報導還包括刺傷、有個家庭因為孩子遭到無情的嘲弄而不得不連搬兩次家、有個女人因為她的紅髮遭到性騷擾最後上法院打贏了官司、一個男孩在遭到其他青少年恐嚇威脅之後自戕等等。這些層出不窮的事件讓尼爾森‧瓊斯在《新政治

家》（*New Statesman*）雜誌中提問：「攻擊紅髮是不是也應該被視為一種仇恨罪行？」他主張，「如果這個概念有任何意義的話，應該一視同仁地適用於所有會引發仇恨的個人特徵，不論是先天或後天，也不論是文化上或是服飾上的特徵。」針對這種顏色的歧視曾經被視為種族歧視，而不純粹只是開玩笑而已，不過有個比較好玩的例子卻是澳洲諧星（也是紅髮）提姆‧明欽的歌曲〈歧視〉（Prejudice），他在歌詞中唱到：「一個有不堪歷史的字眼……有兩個 *G*，一個 *R* 和一個 *E*，還有一個 *I* 和一個 *N*。」唱到後來，才知道他說的字原來是「ginger」，讓美國觀眾都鬆了一口氣，放心地爆笑起來。美國人對此不能掉以輕心，因為他們擔待不起，而他們自己也都心知肚明。一年到頭，任何一個星期，都會看到全國新聞播報一些歧視的報導，證明仇恨及其相關的罪行不是英國的專利，然而在美國，卻絕少用到「薑紅」這個字，也沒有承載太多的情緒包袱。

若要了解這種文化差異，就必須回顧英格蘭人與蘇格蘭人和愛爾蘭人之間敵對的歷史——後二者的紅髮人口多到不成比例。不到一百年前的英愛戰爭，讓愛爾蘭脫離英格蘭獨立，但是英格蘭人高壓統治的歷史和愛爾蘭人的起義抗爭，註定了他們之間的和平不會穩定。即使在美國，對愛爾蘭人的歧視也有一段殘暴的過往；這樣的歧視首先是跟著第一波從英格蘭到新大陸拓荒的移民而來，後來在馬鈴薯飢荒之後，大批愛爾蘭移

民湧入造成的焦慮，更強化了這樣的歧視。直到十九世紀，還有人拿愛爾蘭裔的美國人跟猿猴相提並論；至於他們生性暴力又愛酗酒的負面刻板印象就持續得更久了。

儘管有許多蘇格蘭人都以身為聯合王國的一員感到自豪，但是就在二〇一四年，有個敢言又聲勢壯大的團體——由當時的蘇格蘭首席部長艾歷克斯・薩爾曼領軍——極力鼓吹蘇格蘭斷絕跟聯合王國之間長達三百〇七年的結合。在公投當日，投票率超過一九一八年以來任何一次聯合王國內的選舉，創下了歷史新高——那同時也是首次讓所有成年人都有投票權的一次選舉——結果百分之四十五的選民投下「贊成票」，支持蘇格蘭人獨立。

現在，英格蘭人與愛爾蘭人、蘇格蘭人之間的對立大多都不是流血衝突，但是血淋淋的歷史卻不曾遺忘；唯一遺忘的，就是英格蘭人對「薑紅色」頭髮產生偏見的背景。或許這也是他們覺得能夠接受紅髮玩笑的一個原因吧，同樣的玩笑如果用在非白人身上，那就成了種族歧視，是絕對不可能接受的。現在取笑紅髮，已經跟反愛爾蘭人或是反蘇格蘭人的情緒脫勾，這也是朝正確的方向邁進了一步；可是取笑這個行為本身——還有零星的暴力——卻仍然持續發生。

在英國，有些紅髮人士已經開始成立鼓吹正面看待「薑紅色」頭髮的網站與團體，希望能夠消弭這個名詞；還有部落客

和育兒雜誌提供建議，教導父母該如何教育紅頭髮的孩子，其中有對母女檔甚至還開始提供必要的支援與產品。他們大部分都渴望讓你知道，他們並沒有什麼特殊的請求——就只是想過平靜的生活而已。誠如紅髮的記者艾利·佛格在《衛報》所說的：「我相當確定自己還不曾在求職或是租屋時遭到拒絕……也不曾被警察攔下來搜身檢查……或是偶爾被視為威脅、罪犯或恐怖分子……也沒有人會想要阻止我跟我的伴侶結婚，因為她已經（我是第一個指出這件事有值得大驚小怪之處的人）愛上了一個有薑紅色頭髮的人。」

　　紅髮歧視或許還不等同於種族歧視，但是我覺得佛格終究還是忍不住要在這篇嚴肅的社論中開個紅髮的小玩笑，或許也說明了什麼。在英國，大部分的痛苦都是藉由幽默來驅除。電視喜劇節目「凱瑟琳·泰特秀」（*Catherine Tate Show*）裡一再出現的一齣短劇，就是由這位諧星泰特（她也是紅髮）扮演一位名叫珊卓·坎普的角色，住進了「羅塞特小屋」接受警方保護——這個安全收容所專門收容受到迫害的紅髮人士——在比較後期的短劇中，坎普組織了一個叫做「紅髮正義」的團體，與社會上排斥紅髮、孤立紅髮的大眾抗爭。

　　即使身為皇室第四位繼承人的紅髮英國人，也無法免於遭到訕笑的命運。有一次，威廉王子在訪談中嘲笑他的弟弟，說他「有薑紅色的頭髮……不過他是長得好看的紅頭髮，所以就

沒有關係」。這要到何時才會了？可惜，不管是英國或美國，都無法聲稱這樣的歧視——無論是種族或其他類型的歧視——是過往歷史的遺緒。最後，我們或許應該引用一位虛構的加拿大人所說的話來總結這一章——「清秀佳人」[1]曾經說過：「沒有紅頭髮的人是不會知道我們有什麼困擾。」

---

1 譯註：*Anne of Green Gable* 是加拿大國家廣播公司在一九八五年製播的電視影集，主要內容人物改編自加拿大作家露西・莫德・蒙哥瑪莉（Lucy Maud Montgomery）所著的長篇小說《清秀佳人》系列，敘述一名孤女在加拿大愛德華王子島成長的故事。

Dude
老兄

這個字呈現出美國人典型的隨性自在

不過起源卻是相當都會

　　美國人對於他們認知裡英國人的高度優雅──或是過分講究──分為愛憎兩派。那些確實受到英國的一切所吸引的美國人，經常說「英式口音」是他們哈英的一個原因；而他們心裡想的口音，其實是BBC和「唐頓莊園」這一類古裝戲劇裡的口音。這種清脆悅耳、發音精確的口音就是所謂的「標準口音」（received pronunciation，簡稱為RP）；在英國，這就相當於我們在美國所說的「美國普通話」（General American accent），又稱為「播音員英語」。

　　任何一個美國人或是英國人都知道在他們自己國內，所謂的「理想」口音都不是常態；現在，就連BBC也不再堅持標準口音了。夏綠蒂・葛林──這位曾經被票選為全國廣播最具魅力的女性口音──就說她的口音讓她在BBC遭到揚棄，於

是她在二〇一三年主動申請裁員,不再擔任新聞播音員的工作。她說:「標準口音,或者沒有腔調的口音,已經逐漸沒落了。BBC雇用有像我這種口音的人的那個年代,或多或少,都已經是昨日黃花了。」每一個國家都有各地方口音摻雜在一起的大雜燴,外人可能很難分辨得出來;然而,若說所有英國口音的節奏和語調在美國人的耳朵裡聽起來都極為相似,至少跟他們自己的口音很不一樣,所以他們才會搞不清,這樣說並不為過。就像你不會要求一個英國人可以分辨賓州腔和巴爾的摩腔一樣;美國人會對所有英國口音都一概而論,就像英國人會把美國各地的南腔北調都統稱為「美國口音」一樣。有趣的是,當他們聽到美國口音時,會聯想到企業成功人士。溝通專家哈立德‧阿濟茲調查英國的企業主管,發現有百分之四十七的人認為有美國口音的高階主管比他們自己的同胞要更成功。

美國人覺得所有的英國人講話聽起來都很高雅,而且也不會讓英國人忘了這一點。那些在美國住了很久的人——特別是英國僑民——對於別人一天到晚稱讚他們的口音,一點也不開心,甚至還覺得有點擾人。在臉書上有個網頁,叫做「我痛恨美國人覺得我們英國人講話都高雅死了」,就吸引了六萬六千多個會員。(對了,「死了」〔dead〕一詞在英式英語裡也有「完全」、「徹頭徹尾」的意思,在此即是。)

在英國,一個人的口音通常是階級地位的強烈指標。很多

人在成長過程中，都很自覺地知道自己的口音暴露了他的社會地位是否高貴，因此過度的讚美反而會讓他們感到不自在。美國人啊，設想一下，假如你明明開的是一輛本田喜美，可是別人卻一直稱讚這部車，彷彿那是勞斯萊斯似的，你會做何感想？難怪英國人有時候會忍不住皺眉頭。美國人的奉承來得太容易，讓天性多疑的英國人覺得難以承受。事實是：一般的英國人並不會比一般的美國人更高貴、更優雅；而我們對英國人高貴優雅的印象，無非只是距離──再加上不熟悉──所形成的美感罷了。

然而，這並不表示移居海外的英國人對某些美國人的誤解所帶來的好處都一律反感。其實，他們很樂意讓別人覺得他們聰明、文雅而有權威，也很樂意看到異性蜂擁圍繞在他們身邊，露出心醉崇拜的神情。美國人有時也不免質疑他們是不是太高估了這些人。新聞記者維琪·華德最近就在《金融時報》（*Financial Times*）上報導說，當建築師諾曼·佛斯特花了四年的時間完成紐約公共圖書館在四十二街的主館改建計畫時，公諸於世的設計讓評論家邁可·齊默曼形容為「優雅的郊區購物商場」；有位跟他一起競爭的建築師私下評論說：「有些董事會成員已經開始覺得他們是不是被佛斯特勳爵那一口『英國腔』給矇騙了──不過為時已晚。」

透過美國電視和電影，英國人一直都受到美國口音和用詞

的影響；美國人那種發音比較含糊的口音，還有講起話來比英國人要大聲的習慣，讓他們聽起來比較急躁、自信，也有一點懶散草率。美國俚語也加深了這樣的印象；英國俚語有社會階級之分，相形之下，美國俚語遠比英國俚語更跨越了社經地位與性別的界線。比方說，對英國的中上階級來說，如果是他們喜歡的事物，他們會用「好極了」（brilliant）來形容，如果他們認同你說的話，則會說「相當如此」（quite）來表示；來自倫敦或艾塞克斯（Essex）的勞工階級在尋求別人認同時，會在句尾加上問句：「不是嗎？」（innit?），就像美國人可能會說：「對不對？」（am I right?）一樣。我們很難從美國人的用詞分辨他們的社會地位，結果就是所有的美國人聽起來都同樣粗俗。

沒有哪一個字可以比「老兄」（dude）一詞更徹底地表現出這個典型的現象；英國人永遠都無法適應「老兄」這個字──無論他們聽過多少次──這是一個聽起來最有美國味的字眼了。「老兄」這個字的故事，其實也正是美國俚語何以會變得如此普及而且沒有階級區分的故事，在英國，你很難想像會有這樣的事情發生。

諷刺的是，這個在今日美語中可以用來指男性或女性、用法極度隨性的字眼，最初的起源卻是形容花花公子或是「時髦人士」（swell）的用語。《牛津英語辭典》追溯這個字源起

於一八八三年的紐約，「用來取笑那些喜歡過度挑剔服飾、言語、舉止的男人，特別是喜歡追求在美學上的『美好形態』。」後來這個字義又引伸至「休閒度假牧場」（dude range）：指「那些跑到美國西部去觀光或居住的非西部人或都市人，特別是指去牧場度假的人。」他們口中的「老兄」原本是指無法適應美國西岸生活的東岸城市鄉巴佬，但是這個字只花了大約三十年的時間，就擺脫了負面意涵，成為一般大眾都能接受的詞彙──主要是透過黑人的英語用詞──用來指男人，任何一個「傢伙」。

到了一九六〇和七〇年代，「老兄」一詞就已經跨越了種族界線，出現在《逍遙騎士》（*Easy Rider*）這樣的電影，還有大衛・鮑伊的〈所有年輕帥哥〉（All the Young Dudes）歌曲裡──這首歌還替「Mott the Hoople」樂團創造了一曲成名的奇蹟。後來，「老兄」一詞或許就開始沒落，讓人家覺得有點過氣、跟不上流行，不過在加州人、毒蟲、衝浪客和郊區的山谷女孩[1]之間，仍然經常使用。西恩潘在電影《開放的美國學府》（*Fast Times at Ridgemont High*）裡的角色傑夫・史匹柯利

---

1 譯註：「山谷女孩」（valley girl）起源於一九七〇年代，指美國洛杉磯聖費爾南多谷（San Fernando Valley）地區富裕中產階級的年輕女性；後來則泛指美國和加拿大的女孩。

（Jeff Spicoli）正是典型的「老兄」。再說，誰會忘記電影的大師名作《老兄，我的車咧？》（*Dude, Where's My Car?*）

　　然而，「老兄」一詞取得現行的文化意涵並且開始大肆流行，則必須要從一九九八年說起。當年，傑夫・布里吉在柯恩兄弟的電影《謀殺綠腳趾》（*The Big Lebowski*）片中，扮演一個名為「老兄」的角色；這位「老兄」成天穿著浴袍走來走去，喝著「白色俄羅斯」調酒。那他的工作呢？「哦，就跟平常一樣，打打保齡球，開車兜兜風，偶而嗑點迷幻藥……我就是『老兄』，所以你叫我這樣就行了，或者，呃，你知道，叫我『老兄陛下』，或者，呃，叫我『老兄閣下』或是『老兄先生』──如果你不喜歡簡稱或是縮寫的話。」這部電影在非主流的邪典電影（cult film）裡成了經典之作，而「老兄」一詞也開始變得無所不在。正如隆恩・羅森鮑姆[2]在《紐約觀察家週報》（*New York Observer*）裡所說的，「除了那些自絕於流行文化的可憐蟲之外──他們像是生活在修道院裡，過著毫無樂趣可言的生活──『老兄』一詞已經不只是語言的一部分，『老兄』本身就是一種論述。」

　　今天，「老兄」一詞概括了一種非常隨性、隨緣的生活態

2　編按：Ron Rosenbaum（1946年生），美國歷史學家、文藝記者、書評家及小說家。

度。傑夫‧布里吉的這個角色後來衍生出一本書——《老兄與禪學大師》（The Dude and Zen Master），由布里吉本人和佛學教師伯尼‧格萊斯曼共同創作；一份《老兄報：推廣極度隨性生活態度的雜誌》（The Dudespaper: A Lifestyle Magazine for the Deeply Casual）；甚至形成一種宗教「老兄主義」[3]——「一種信仰體系，主旨就是告訴我們說這個宇宙希望我們凡事放輕鬆點」，因為「努力到頭最終也是一場虛無，這深切違反了自然界、心理學、社會學、保齡球和幾個熱帶國家的法則。」對美國文化中衝勁十足、野心勃勃的那一面來說，這不失為一道好解藥：如果你厭倦了認真工作也認真遊樂的生活態度，那麼這個主義可以帶給你一線希望，因為你完全可以像那位「老兄」一樣，就只是在那兒活著。

誠如羅森鮑姆所說的，「老兄」一詞也為「欣賞流行文化引進某種有意識的不文雅，那是一種反諷的不文雅，一種加上了引號的不文雅」。以我的個人經驗來說，非美國籍的朋友（英國人、德國人、法國人）幾乎都只有在特定的一種情況下使用「老兄」一詞——就是一邊指著美國人，一邊利用這個詞

---

3 譯註：Dudeism或可譯為「隨興主義」，其主旨就是推廣一種現代版的道教，其教義以《道德經》為綱，結合了古希臘哲學家伊比鳩魯（Epicurus）的理念，鼓吹一種隨興的生活態度。

彙，開點無傷大雅的玩笑。不過，我想，大部分的美國人在用這個詞彙的時候，可一點反諷的意思也沒有；有些人也知道，這個字眼會讓他們聽起來不夠文雅，因此也極力想要減輕對這個字的依賴性。

有個年輕女子曾經在一個「這樣正常嗎？」（IsItNormal.com）的網站上留言，說她把這個字用得太浮濫了：「我就是忍不住。我會跟我媽說，對著沒有生命的物品也會說；我叫我男朋友『老兄』，而不是叫他寶貝或是親愛的，甚至不會叫他的真名；還曾經發生過：有人在走廊上大喊一聲『老～～～兄』，然後我就立馬回頭。」她的留言獲得相當熱烈的迴響，有很多人說她不是唯一一個像妥瑞式症患者一樣，一再重複「老兄」一詞的人；有個人寫道：「如果你真的需要停止使用這個字，比方說在工作上？只要在手腕上套個橡皮筋，每說一遍，就彈一次，而且要確定會痛，這樣大腦才會把這個字和痛楚聯結在一起，時間久了，自然就會好轉。」另外一個人則用另外一個近乎無所不在的美國俚語寫道：「我二十五到現在還是有這個問題，遜斃了。老兄哪，我們真該讓這個字死掉。」另外一個人則說：「OMG，老兄，我也素～～。」（哦，不會吧，真的嗎？）美國人對「老兄」一詞的癮頭真的已經到了需要十二個步驟來戒除的地步嗎？（老兄，這聽起來未免野心太大了一點。）

難怪美國人一聽到英國口音就聯想到智慧與優雅：這跟他們用了哪些字眼，和不用哪些字眼，都同樣息息相關。不過，到頭來，我想，最誠懇真實的作法——不論你的祖國在哪裡——就是擁有你自己的口音與詞彙，並且好好發揚光大。換言之，放輕鬆點吧，老兄，畢竟聽起來像個徹頭徹尾的美國人，真的沒有關係。

Partner
伴侶

這個字讓一個美國移民發現：

原來英國人的含蓄沉默讓她感到的挫敗和沮喪，

並非始終都是有道理的。

從紐約搬到倫敦來沒有多久，我就開始一直注意到某些徵
兆、習俗和用字，在我看起來，覺得怪怪的。我想要記錄下
這樣的第一印象，以免過了幾個月之後，就忘得一乾二淨；所
幸，沒有人在記錄我給他們留下的奇怪的第一印象。我搬到倫
敦初期發生的誤解，只有一個人知情——我先生湯姆。

我原來在紐約任職的那家公司，在倫敦也有一間分公司，
我開始在那裡工作之後沒多久，有一天吃晚飯時，我們聊到了
紐約同事和倫敦同事之間的差別。在紐約，大家都會叫菜鳥去
買咖啡（而且點得愈複雜愈好），讓他們知道自己的地位；而
在倫敦，大夥兒都各自去共用的廚房倒茶喝，完全沒有階級之
分。在紐約，大家都打扮得整整齊齊去上班，不太休假，而且

每個人似乎連週末也在工作；而在倫敦，沒有人談論他們工作是如何的認真，而且「面會時間」似乎沒有那麼重要。紐約人比較意識到自己的地位，但是比較友善；倫敦人則比較緊張不安，也比較安靜——安靜到幾乎令人感到窘迫的地步。

不過我還是查訪到一些同事的生活細節。比方說，我跟湯姆說，在紐約，我有大約百分之十的同事是同性戀，但是在倫敦，這個比例肯定接近六成。「真的嗎？」他問——因為即便是出版界，這個比例似乎還是太高了點。「對，」我說。「我們辦公室裡幾乎沒有人戴戒指，而且他們還一直講到自己的『伴侶』和小孩如何、如何。我們辦公室肯定是全倫敦最開放的地方了。」湯姆覺得我講對了一半，我們辦公室或許是全倫敦最開放的地方，但是他相當肯定，我說的比例絕對錯了，因為，他解釋道，在英國不像在美國，「伴侶」（partner）一詞不是「同性伴侶」的代名詞，這是剛搬到英國來的美國人最常有的誤解之一，後來我們談到這樣的誤會，都會忍不住大笑。我有個朋友帶著小孩去新的遊樂場玩了好幾個星期之後，這才恍然大悟：原來大部分的孩子「並沒有兩個媽咪」。

美國人是真的會犯這樣的錯，因為即使近年來美國人結婚的年齡愈來愈高，但是大家依然認定最穩定的關係終究會步入婚姻。無論年紀大小，講男女朋友，就會被當成小孩子看待，講未婚夫妻又覺得矯揉做作，只有最後成了夫妻，聽起來最舒

服、最順耳。皮尤研究中心在二〇一二年所做的民意調查顯示，有百分之六十一的美國未婚成年人想要結婚，只有百分之十二不想結婚；二〇〇六年，一項針對高三學生所做的調查也顯示，百分之八十一的人預期自己會結婚，而且其中有百分之九十的人預期會跟同一個人終老白頭。約翰霍普金斯大學（John Hopkins University）專門研究家庭與公共政策的社會學家安德魯・雪林指出，在美國，「你看不到類似北歐、法國或英國那種長期不婚的關係類型……在美國，穩定的家庭關係就是靠婚姻。」

美國人固然擁護婚姻，但是這並不表示美國人就比其他國籍的人更能信守婚約，因為美國也是全球離婚率第三高的國家（可能只比排名第一的馬爾地夫和排名第二的白俄羅斯稍微好一點吧）。關於婚姻一事，讓美國人始終覺得無法認同的一點，就是普及的婚姻權概念。到目前為止，男女同性伴侶能夠期望得到的最好結果，就是伴侶關係。反對同性婚姻的人一直擔心，若是婚姻權擴及所有的美國人，會損害他們所珍愛的婚姻制度；可是正如小狄翁[1]在《華盛頓郵報》（*The Washington Post*）上所說的，結果似乎正好是反效果，因為「有愈來愈多

1　編按：E. J. Dionne Jr.（1952年生），美國記者與政治評論家，也是《華盛頓郵報》的長期專欄記者。

的美國人相信——而且人數還穩定成長——同性戀者並不是想要改變婚姻本質的社會革命家」，反之，他們只是想要「成為這個制度的一部分，這個已經對異性戀公民開放的制度」。在愈來愈多的州，這樣的夢想已經漸漸成真。

反觀在英國，婚姻好像不被視為如此必要。自二〇〇五年十二月起，同性伴侶已經可以申請公民伴侶關係（civil partnership），賦予他們等同於婚姻的大部分權利與義務，只是沒有婚姻之名。至於異性戀伴侶，也不像在美國那麼可能步入結婚禮堂——即使他們選擇生兒育女；民意調查機構YouGov所做的一項調查顯示，有百分之五十二的人說結不結婚「並不重要，只要為人父母者願意信守固定的關係」；只有百分之二十七的人認為必須要先結婚，再生小孩。因此，在英國的麥克米倫大辭典（*Macmillan*）裡，對「partner」這個字的第一個定義就是「跟你一起生活並且有性關係的人」，而在美國的第一個解釋則是「共同擁有一家公司並且分享其損益的兩人或以上的其中一人」，也就不無道理了。

我也注意到，在英國，即使是已經結為夫妻的兩人也會用伴侶來稱呼對方，而不太用丈夫或是妻子。麥克米倫大辭典也證實了這一點：「在英式英語裡，你可以用『partner』一詞來稱呼某人的丈夫或是妻子，或者是稱呼跟某人一起生活並且有性關係但是卻沒有與其結婚之人。這樣可以避免提及此人的

身分與性別。而在美式英語裡，有人只在未婚人士身上使用『partner』一詞，還有很多其他人只用在男女同性戀者。」這個註解並不是放在本文內，而是放在另外一個小方格內，上面還有一個標題寫著：「避免冒犯他人的詞彙」——這樣的解釋就很到位了，只不過我一直忙著扮演一個到處打探他人隱私的美國人，差一點就沒有注意到這其中精細幽微的差異。

我們始終都很難避免概括而論：比方說，美國人都如此開放，因為他們會自願提供資訊給不太認識的陌生人；而英國人都如此保守，因為他們不會。不過這樣的說法都不夠精確，還是要依個案而論。以「伴侶」一詞來說，英國人就比較開放了——或許不是針對他們自己的私生活細節開放，不過卻可能對別人的私事持開放態度。不要因為一個人的遣詞用句——或是其他任何事情——就驟然論定此人，的的確確是一件高度人性化的表現。沒有性別區分的「伴侶」一詞，留下了一點想像的空間——這正是英國人最擅長的事情——讓人可以選擇要透露到什麼樣的程度；因為你跟你的伴侶有沒有結婚，而你的伴侶是男是女，老實說，真的不關別人的事。

當然，在英國，也不是每一個人對「伴侶」一詞的用法都這麼廣泛包容，就像不是每一個美國人對夫妻的用法都如此絕對一樣。有些人並不是有意識的選擇用什麼字，不過就是用他們最熟悉的字罷了；但是很多選擇使用「伴侶」一詞的人，其

實是喜歡這個字的意涵：一種平等對待的關係。就像美國部落客約翰·史卡拉曼加所說的：「平等是我願意支持的概念。我有的並不是一個依賴我的妻子，而是一個與我平起平坐的人，我有一個伴侶。」

在英格蘭和威爾斯，同性婚姻已經獲得國會與女王的祝福，而公民伴侶也可以選擇是否要將他們之間的結合轉換成婚姻關係。在美國，有些州已經批准了同性婚姻，在年輕一代普遍支持的情況下，婚姻平權將會迅速蔓延（編按：本書初版於二〇一五年三月，美國聯邦法院於同年六月方判決同性婚姻合憲，達成全國同性婚姻合法化）。如此一來，「伴侶」一詞要何去何從呢？美國的男女同志伴侶在長年奮鬥終於爭取到夫妻地位之後，是否會選擇「夫妻」一詞來形容他們的關係？而英國的已婚夫婦是否會繼續稱呼另外一半為「伴侶」？等我們都搞清楚了之後，又怎麼會知道該如何稱呼其他人呢？《男女同志完全禮節手冊》（*Complete Gay & Lesbian Manners*）的作者史蒂芬·佩特羅提出了建議：我們應該「先聽別人如何介紹或是稱呼他們的另外一半……然後有樣學樣，使用他們喜歡的稱呼。」嗯，這才是根本解決之道。

Proper
妥適的／真正的

這個字讓我們知道

不論是人或事情

毋需矯揉做作，也能真正、妥適。

　　有時候，我們只顧著去找預期會看到的東西，反而忽略了事實上已經存在的東西。從某個角度來說，美國人和英國人比他們所想的還要更像。比方說，兩國人都很關注正統性、真實性，也都不喜歡矯揉做作；這是我們彼此了解——也彼此欣賞——的特質。英國人在形容某件事情或某樣東西是貨真價實、真心誠意、完全就是它該有的樣子時，會說一個字：「proper」（例如：Fursty Ferret是「proper」的啤酒。）。英國人對於「proper」的東西向來趨之若鶩。「Proper！」一詞也可以獨立使用，用來稱讚某個人或某樣東西；「Proper」可以反過來用，用來強化負面的陳述（例如：「她這個人真的很沒有禮貌〔proper rude〕，不是嗎！」）；甚至還有更口語化的用法，

當成「正確地」（correctly）的同義詞（例如：「他從來沒有好好地學過開車〔learn to drive proper〕。」）。

這樣的定義，在美國儘管不是完全沒有人知道，至少也不是主要的用法。如果美國人聽到「一杯『真正的』（proper）茶」這樣一句話，他腦海裡會浮現用兩根手指頭端起茶杯，還要翹起小姆指的喝茶禮儀——而不是英國人所想的一杯剛剛泡好又熱騰騰的濃茶。美國人對「proper」一詞最常見的用法，就是表示符合傳統、受到尊敬、恰如其分、正式和嚴肅；當美國人說某件事情很「proper」的時候，他們想到的是優雅、善良、無聊。所謂的「proper」，通常就表示一個人可能必須假裝成他本來不是的那個樣子；在美國社會裡，大家比較喜歡由衷不造作的「真實」，而不是「proper」。而美國人有所不知的是，在英國人口中的「proper」，正是表示由衷不造作的「真實」。

若要舉例來說明英國人口中的「proper」究竟是什麼意思，最好的例子莫過於每天的第一餐了。所謂「真正的」（proper）早餐，就是指全套英式早餐，又稱之為油煎早餐（fry-up）或是全套早餐（Full Monty）。這個傳統可以追溯到維多利亞時代，雖然不是每天都吃，但是大家都認同這樣的早餐應該包括：香腸、培根、煎蛋、油煎蕃茄和蘑菇、烤豆子和油煎麵包；通常還要搭配蕃茄醬或是HP醬（一種加了糖醋的

酸甜褐醬，這個名稱的由來是因為發明者聽說國會〔House of Parliament〕餐廳也供應這種醬）。這樣才叫做「proper」！

英式早餐協會（English Breakfast Society）──其宗旨為「支持傳統！分享對油煎早餐的愛！」──聲稱，在一九五〇年代，全國有一半的人都是以全套英式早餐揭開一天的序幕；儘管在工廠工作的人特別喜歡，但是這種餐點其實是沒有階級區分的──諸位讀者可能已經注意到，這在英國倒是極為罕見的事。在英式早餐中的豬肉這方面，全國各地有很多不同的地區特色。比方說，在北部，可能有黑布丁腸（一種用豬血、豬肉，再加上麵包屑或脆餅灌製的香腸）；在達文郡或康瓦爾則是白布丁腸（跟黑布丁很像，只是沒有豬血）。在英格蘭的每個地區，都有當地知名的特殊香腸類型。坎伯蘭是加了胡椒的辣味；格洛斯特標榜使用格洛斯特白毛黑斑點豬肉加上鼠尾草；約克郡是加了辣椒粉、肉豆蔻、白胡椒和豆蔻香料；林肯郡則是加了鼠尾草和百里香。我可以一路講下去，沒完沒了，但是重點是：一講到英式早餐，大家對於什麼才叫做「proper」，可是有一致的共識。

現在，畢竟早就不是工業革命的時代，也很少有人會想要一起床先吃下一千五百五十卡的熱量──相當於成年女性一天所需熱量的百分之七十八，感謝傑米‧奧利佛的網站非常熱心地告訴我們這個資訊──然後就去坐在辦公桌前，一動也

不動。如果你不想吃得負擔這麼重的話，也有一家名為「燃料」（Fuel）的健康飲料公司——其創辦人為前陸軍裝甲部隊司令官，同時也是極端運動的愛好者——提供一種液態的油煎早餐，混合了培根、香腸、水煮蛋、油煎蕃茄、烤豆子、蘑菇、吐司、鹽、胡椒與甜褐醬的口味，熱量只有兩百三十卡，而且含有二十克的蛋白質（如果你沒有吐出來的話）。顯然科學家必須先嘗試過五百種不同口味的組合，最後才研發出這款冠軍口味——我還真同情那些必須嘗試其他四百九十九種最後遭到揚棄的奶昔的試喝人員。如果這樣還不滿足的話，英國人的早餐還會吃其他不同的食物——雖然不屬於全套英式早餐的範圍，但是仍被視為「proper」——包括「kipper」（煙燻鯡魚）、「kedgeree」（一種包括煙燻黑線鱈魚、水煮全熟蛋、米飯、鮮奶油、咖哩粉的餐點，上面再灑上香芹葉），還有吐司夾腰花（kidney on toast）——我以前從未注意到這些送到你眼前的早餐全都是以英文字母「K」開頭的。所幸，現在已經不再像英國作家威廉・薩默塞特・毛姆[1]所說的那樣：在英國若想吃得好，一天得吃三頓早餐。

---

1 編按：William Somerset Maugham（1874-1965），英國當代小說家，曾出版《月亮與六便士》、《剃刀邊緣》等著作，更創立毛姆文學獎，鼓勵英國三十五歲以下的年輕創作者。

在美國，對於早餐該吃什麼，並沒有一致的共識——除非你相信電視廣告裡所說的，加糖的早餐穀片一定是「完全早餐！」其中的「一部分」：穀片（沾糖玉米片〔Frosted Flakes〕、甜麥圈〔Froot Loops〕、穀物麥片〔Lucky Charms〕、可可泡芙麥片〔Cocoa Puffs〕）、柳橙汁、吐司、蛋、培根和水果——這看起來比較像是飯店在早上供應的自助餐，而不是會在非假日早晨出現在一般美國家庭廚房餐桌上的東西。美國的地區差異，也比英國要更多樣化。典型的南方早餐一定會有碎玉米（grits，即輾碎的玉米粉——經過鹼水處理過的乾燥玉米籽）；賓州人喜歡吃肉捲（scrapple，用碎豬肉和玉米粉做成的肉捲，切片油煎）；在紐約，到處都可以看到在賣燻鮭魚和貝果，加上奶油起司；在西南部，最流行的早餐莫過於墨西哥鄉村蛋餅（huevos rancheros，加上莎莎醬的雞蛋、甜椒、豆泥和玉米脆餅），經過一夜好眠之後的早晨，最需要來一份。在美國大部分的城市，就算沒有知名的在地甜甜圈店，至少也會有Dunkin' Donuts，甚或還有更好的Krispy Kreme；這兩家連鎖店都已經在英國建立了灘頭堡。英國本地雖然沒有本土的甜甜圈品牌，但是夾了果醬的甜甜圈倒是到處都買得到（這種甜甜圈起源自德國）。美國人跟英國人一樣都喜歡豬肉製品，因此手工精製的香腸也就成了農夫市集或是美食雜貨店裡的特色，不過在美國，若是有人問你喜歡什

麼樣的香腸，他們問的其實是「links或是patties」，指的是你喜歡什麼形狀的香腸——前者是小小的長條狀，後者是像漢堡一樣的圓形。

　　然而，說到最經典的美式早餐——即使將各地不同的特色都考慮進去——仍然要屬一般簡餐店供應的早餐，就是你點三顆炒蛋會送上六顆蛋，而且旁邊還要搭配一疊煎餅的那種早餐，彷彿光是雞蛋、培根和馬鈴薯餅還不夠看似的。因為美國人喜歡吃甜的早餐，因此似乎沒有哪一家餐廳可以做得比美國連鎖簡餐店「丹尼餐廳」更道地了。他們最新的菜單裡有一道「花生奶油巧克力煎餅套餐」——兩片加了巧克力和白巧克力碎片的奶油牛乳煎餅，上面再淋上熱騰騰的焦糖奶油，最後還要滴上一點「花生奶油醬汁」；配菜則包括兩顆蛋、馬鈴薯煎餅或玉米餅、培根或香腸，還有熱糖漿。如果這樣還不足以證明美國人的早餐毫無節制，那我就不知道還有什麼更好的證據了；有位來自聖地牙哥，名為艾琳・傑克森的部落客對丹尼餐廳的蘋果派法式吐司所寫的評語，或許是更好的證明：「我覺得蘋果派法式吐司是個妙不可言的好點子……在一片厚切的法式吐司上面，加上一大湯匙的蘋果脆片（蘋果切片經過烘焙，灑上紅糖和加了很多奶油的奶酥），淋上焦糖醬汁，再灑一點糖粉。隨餐會附糖漿，但是……如果你還想加任何東西的話，就一定要加上油炸煎餅球聖代裡的最後幾口冰淇淋。」

美國人——或許還有在英國旅遊的國際觀光客——並不覺得全套英式早餐的份量驚人；儘管如此，老實說，他們還是跟英國人一樣，平常日子在家裡，要不是乾脆不吃早餐，要不然就是隨便買個瑪芬蛋糕或是雞蛋三明治，一邊工作，一邊解決早餐。所以，大家應該有可以一致同意：一頓「proper」的早餐不論在英國或在美國都一點也不「proper」。

OK
沒有關係

這個字顯示出
美國人的認真與道德相對性
其實是一體的兩面。

　　六十多年來，美國小姐選美比賽一直是最具美國特色的活動。沒錯，電視收視率已經大不如前，可是有唐納・川普接手主辦，就算他的髮型沒有改善，數字也一定會改善。二〇一三年，猶他州小姐瑪麗莎・鮑薇爾在機智問答項目中慘遭滑鐵盧時，有五百萬人的下巴幾乎要掉下來。她抽中的問題是有關女性的收入比男性少，這表示美國社會怎麼了？

　　「我想我們可以把這問題歸因於教育，以及我們正繼續努力要……」她遲疑了一下。「……想辦法增加工作機會，這是最大的問題，我想，特別是男性，呃，被視為這方面的領導者，所以我們需要嘗試看看如何創造更好的教育，讓我們能夠解決這個問題。」

愛說風涼話的人很快就指出，她的家鄉在學童教育經費上的花費，是全國倒數第一──而且落後很多。後來，鮑薇爾在比賽中輸給了康乃迪克州小姐之後，她還說她很感激能夠學到寶貴的經驗：「對我自己而言，就是學會了：當個凡人，沒有關係；犯錯，也沒有關係，」她說。「站起來，繼續向前，我想這是我可以跟很多人分享的一個教訓，我真的感激不盡。」她的答覆是如此地具有美國特色，讓我幾乎忍不住要說她應該贏得那座后冠。

　　不出所料，在第二天的脫口秀節目、網路部落格和尖峰時段的廣播節目中，就充斥著各式各樣惡毒的批評；很快地，大家就開始感到憂心忡忡：這樣取笑猶他州小姐，真的「沒有關係」嗎？──這個反應就更有美國特色了。英國人就不會有這樣的問題，因為他們不像美國人那麼認真。美國人是真的很認真，認真到讓英國人覺得有一點可笑。因此，當美國人在取笑猶他州小姐時，他們心裡會覺得有點愧疚，甚至懷疑這樣做有沒有關係。他們最後的結論應該是沒有關係，只要他們純粹只是開開玩笑，就像猶他州小姐自己都說她出糗丟臉沒有關係，只要她（還有其他人！）都從中得到教訓就可以了。

　　如果你覺得美國人擁有「OK」一詞的專利的話，那也是情有可原，不過他們當然沒有。「OK」一詞在全世界各地都廣泛使用，而且還有許多不同語言的同義詞。很多國家都聲稱

這個字是他們發明的，而且他們編出來的故事有些還講得頭頭是道，頗具說服力，不過很遺憾的，我必須跟大家報告：事情真相其實還滿乏味的。艾倫·麥特考夫在他的《OK正傳》（*OK: The Improbable Story of America's Greatest Word*）一書中考究出一個令人信服的結論，原來「OK」一詞最初源自於《波士頓晨間郵報》（*Boston Morning Post*）在一八三九年三月刊登的一個蹩腳笑話，原本是刻意扭曲「all correct」（全部正確無誤）的縮寫；當時，這是大家都知道的常識，但是年深日久，「OK」就帶著它的美式發音，擺脫了原本的歷史。如今，「OK」已經或多或少成了全球性的語彙，不再是專屬於英語了。不過，麥特考夫說，「OK」一詞對美國人來說，比對全世界的其他人，都還有更深一層的意義，因為它等於是一個只有兩個字母的生活哲學，表現出美國人的「務實、效率，不計一切手段，要把事情做好」。

除此之外，我還得再加上美國人最根本的認真、誠懇。美國人和英國人或許最後會做出一樣的決定，但是決策的精神卻大相逕庭。英國人「搞破壞」（muck in），而美國人則「伸援手」（help out）；英國人認命，美國人則是接受；英國人認為「絕不能發牢騷」，美國人則是「苦中作樂」——美國人是出了名的「輕鬆點，別緊張」。他們總是說：「沒有關係。」美國人交談時常常會在句尾加上一句「OK嗎？」比方說：「我

只在這裡停一下下車，OK嗎？」或是「我正要另外再開一瓶酒，OK嗎？」或是「我正要把小孩帶到你們家，然後去雜貨店跑一趟，OK嗎？」美國俗話說：「你OK，我就OK。」最早是美國一本心理自助書的書名，幾十年後，依然根深蒂固地留在美國文化之中，因為這句話捕捉到了美國人思想與行動模式的某種精髓。

美國人在道德上可能不會那麼絕對，但是他們也想討人喜歡；他們想要做自己想做的事，但是又覺得有義務向每一個人說明他們所做的事情具有正當性。不管他們想要做什麼，如果他們真的很想要做，那麼就一定是「沒有關係」的事。同樣的邏輯也適用在每一個人身上。嬰兒潮世代率先提出「覺得爽，就去做」，可是他們也只能在網際網路盛行之前才能這樣做；現在這個世代——也就是猶他州小姐的世代——已經把自我合理化提升到藝術的境界。「耶穌他媽的基督與天雞四騎士合唱團」（Jesus H. Christ and the Four Hornsmen of the Apocalypse）在他們的歌曲〈在美國，沒關係〉（It's OK in the USA）中就唱道：「肥胖沒關係，吵鬧沒關係／愚蠢沒關係，驕傲沒關係／就算你覺得你家的貓是美食家，那也沒關係。」差不多就是這個意思啦。

美國人是虔誠的信仰者——不光只是在宗教上，而是對他們所選的道路會全心全意地走到底；只不過，他們的選擇未必

都一定是正確的道路。而對於不同意見的高度容忍心及過度的自信心都是如此信仰的副產品；這樣的精神特質固然誕生了許多天才——班哲明‧佛蘭克林、史蒂夫‧賈伯斯、華倫‧巴菲特——但是也產生了一些瘋狂的獨行俠，拿著槍，勇敢地執行他們的計畫。沒有哪個國家的人會像美國人一樣在自家門口抓狂撒野，美國人的認真是要付出代價的。

　　反之，英國人就是天生的懷疑論者，可是他們也對不同意見有高度的容忍雅量，而且還會喜歡那些他們稱之為「真他媽的老頑固」（bloody-minded）的人。那些「真他媽的老頑固」喜歡跟人家唱反調，乖張倔強，剛愎自用；不過這個詞彙原本字面上的意思是指「嗜血又有暴力傾向」。難怪這兩個國家一直都是政治盟友。英國人對前首相東尼‧布萊爾的美式魅力和過度自信，又愛又憎，愛憎比例約莫相仿；在九一一恐怖攻擊事件之後，他曾經借給美國總統布希一尊溫斯頓‧邱吉爾的半身人像，似乎在向布希保證：不論是好是壞，他們永遠都站在一起。對一位正在思考要自己出兵去打仗的美國總統來說，收到一尊以正義之師自居、也「永遠、永遠、永遠，絕不放棄」的邱吉爾胸像，算是極高的恭維。當然，邱吉爾也曾經說過，一個人「永遠可以指望美國人做正確的事——在他們嘗試過所有其他的每一件事情之後」，但是我們或許可以萬全妥當地說，布萊爾當時心裡想的應該不是這句話吧。

於是，這兩個國家就全心全意地朝著戰爭之路走下去，我們也都知道最後的結果如何。在他總統任期結束之後沒有多久，布希在接受電視訪問時坦承，對伊拉克宣戰這件問題百出的事，是他「最大的遺憾」，還說「如果重新一次，我絕對不會這樣做」；可是到頭來，「對我來說，最重要的事情就是當我回家，看著鏡子裡的自己，可以心安理得地說：『我守住了原則，沒有妥協』。」

　　不像猶他州小姐，顯然他什麼都沒學到。可是至少他自己覺得沒有關係。

Whinge
嘀咕

這個字讓人懷疑
英國人的「堅忍不拔」是否依然存在

　　「絕不能發牢騷」（mustn't grumble）這句話在英文裡經常跟「保持冷靜，堅持向前」（keep calm and carry on）或者「堅忍不拔」（keep a stiff upper lip）聯想在一起。就像「蒙蒂·派森與聖杯」裡的黑武士一樣，即使雙臂都被亞瑟王給砍了，依然堅稱：「那只不過是小小的擦傷罷了！」英國人素來以堅忍聞名，所以你大概料想不到，有個表示「暴躁乖戾埋怨」的字會從十六世紀一直沿用至今，這個字就是「whinge」（嘀咕）──事實上，英國人自己可能也會跟你說，現在早就沒有什麼堅忍不拔這回事了。英國人一天到晚都在發牢騷，而且還覺得自己牢騷發得有理。馬修·恩格爾在《金融時報雜誌》（*Financial Times Magazine*）中撰文指出「牢騷」已經成了一個偉大的英國習俗，還說這個詞彙「涵括了另外一個非常有英

國味的特質，反諷。反諷也可以偽裝成牢騷。事實上，英國人發起牢騷來可是非常嫻熟、技巧高超……他們不會做的是抱怨、投訴（complain）……他們習慣性地拒絕正面解決問題。」（有趣的是，當你問道：「你好嗎？」，最常聽到的答案是：「沒有什麼好抱怨的。」）

「發牢騷」一詞還帶有一絲徒勞無益的意味。發牢騷是負面作為，而抱怨投訴的人則可能真的期望——甚至得到——什麼結果。如果你在英國不小心插了人家的隊（順帶一提，在英國，插隊叫做「jumping the queue」），你會聽到的只有嘀咕、牢騷、壓低音量的批評和嘆氣；五、六個人突然間一致默默決定：不要跟你起正面衝突。如果換做是美國人的話，大概會直說：「嘿，老兄——到那邊去排隊。」

美國人也很會嘀咕——但是當他們想要改變什麼事情的時候，就會去投訴。英國人覺得嘀咕比投訴要自在，因為嘀咕不像投訴那麼具有衝突性，也比較不費力氣；嘀咕只需要有一個人聽，偶或點個頭、聳聳肩，或是發表一些無關痛癢的評語，如果有人真心想要幫忙，還會覺得氣餒咧。BBC有個關於消費者權益的call-in廣播節目叫做「你和你的家人」（*You and Yours*），由溫妮菲爾德·羅賓森和彼得·懷特主持；在每一集的節目中，兩位主持人都要花很長的時間，試圖了解——有時甚至還得打斷聽眾的話——打電話進來的人究竟要他們做什

麼。出乎意外的是，以一個事關消費者權益的節目聽眾來說，他們專注的焦點竟然不是要如何解決他們的問題，似乎只要有人聽聽他們發牢騷也就心滿意足了。話雖如此，英國還是需要像「你和你的家人」這樣的節目，專門挖掘英國公司在服務上愈來愈可怕的缺失。

在英國，顧客服務並不盡如人意──這樣明顯而無聊的觀察幾乎等於說大西洋有很多水一樣。客居紐約的英國作家查蒂‧史密斯曾經在《紐約客》（*The New Yorker*）發表一篇名為〈要不要？不要拉倒！〉（"Take It or Leave It"）的文章，比較美國字的「外賣」（*takeout*）和英國字的「外帶」（*takeaway*）：在她的定義中，前者是指餐廳「打算拿出去，運送給某人」的食物──不過很多美國人更可能會用「外送」（delivery）這個字──後者則是吃飯的人得「自己來把你要吃的他媽的食物給帶回去，謝謝。」史密斯比較喜歡美國模式，但是針對美國人對英國常見的抱怨，她也提出不同的看法：「我不會抱怨英國『缺乏服務文化』……我覺得沒有哪一個國家應該把服務提昇到文化的層次。頂多，就只是講究實際，雙方都要表現出有禮親切的態度，但是不應該要求任何人假裝他們的存在就只是為你這個『客人』想要買一個用塑膠紙包裝的鮮蝦三明治，提供貼心滿意的服務。」然而，在我看來，講到了服務，若說美國人期望得到「貼心滿意」的服務，似乎是言

過其實；說穿了，他們要求的實際上只是禮貌與親切——而且讓他們覺得消費者受到尊重。消費者若是得到和善的對待，自然就會覺得感動——或者至少覺得有這個義務——和善的態度予以回報；理想的狀況，就是尊重與感謝彼此強化。這樣的要求會太過分嗎？

英國的服務人員似乎都有懷疑消費者的傾向。在英國大部分的商家，「顧客永遠是對的」這句話根本就不存在，甚至還很可笑，這讓任何一家提供上好服務的商家，都被捧成像是消費者的天堂似的。這些極罕見的少數商家，一定會受到高度讚揚，不會像在美國一樣被視為理所當然。其中一個例子就是連鎖百貨公司約翰·路易斯（John Lewis）。有個不願具名的美國人買錯了床單的尺寸（這是很容易犯的錯誤，因為美國標準和英國標準差了好幾吋），卻在拆掉了所有的包裝，準備要鋪床時才發現這個錯誤，於是他把已經洗過的床單裝回約翰·路易斯的購物袋內，回到百貨公司，而店員還真的讓他換貨——甚至對他的遭遇深表同情。（你會懷疑那個在寢室浴室部門工作的售貨員，對一個犯了同樣愚蠢錯誤的女人是否還是一樣和善，所以我才派我先生去換床單。）有時候，光是身為美國人，在英國做個消費者就有不少好處。如果你願意有禮而直接地正面提出要求，在地人往往會不知所措，經常都會讓你予取予求；但是你若是表現出焦慮不安的樣子，對方就會冷冷地聳

聳肩說：「不然你要我怎麼辦呢，老兄？」或許有人會說，像這樣令人沮喪的遭遇，肯定需要堅忍不拔的精神來應對，然而，事實不然，因為有許多英國企業和政府部門都有一個顯眼的牌子，上面寫著像這樣的字句：**我們絕不容忍任何人對我們的員工有肢體或言語暴力**。嗯，好吧。

因為美國人是如此擅長投訴，而美國生活中又那麼常見到激動的情緒爆發，讓我在發現「堅忍不拔」一詞——極度讓美國人聯想到英國人的詞彙——竟然源自於美國時，還真的大吃一驚。歷史學家湯瑪斯・狄克遜在他的「情緒史」（History of Emotions）部落格中講到，英國讀者一直到一八七〇年代都還不認識這個詞彙：「這是個讓人不覺莞爾的反諷，因為最早引進這個詞彙的，正是查爾斯・狄更斯創辦的一份雜誌，而他正是維多利亞時代情緒最豐富又最多愁善感的感傷大師。狄更斯於一八七〇年辭世；隔年，他的期刊《一年四季》（*All the Year Round*）刊載了一篇文章〈論流行的美國詞彙〉（Popular American Phrases），文中提到『堅忍不拔』一詞表示『為了某個目的而保持堅決，保持勇氣』。即使到了十九世紀末，這個詞彙出現時還會加上引號，有時候還要加註說明這是美式英語。」這個詞彙問世時，正是美國——套句我的朋友彼得愛說的話——「走霉運」的時候。使用這個詞彙的第一個正式紀錄，是出現在一八一五年，當時這個國家還不滿四十歲，後來

就繼續沿用下去，至少是在過了內戰之後，才被英國人發現。隨著美國的生活愈來愈好，這個詞彙及其所隱含的那種面對生活的堅忍態度，也就逐漸消失了；取而代之的，則是一種更公開誠實地表達自己情緒的風格，到了今天，甚至發揚光大到了極端。

英國人也不是一直都以堅忍不拔聞名，其實他們原本也跟現在的美國人一樣，會公然表露自己的情緒。在維多利亞時代，甚至更早之前，不論男女，在公眾場合流淚哭泣都被視為正常的事，在公眾人物過世時，也會公開表露內心的哀慟。誠如《私家偵探》（*Private Eye*）的編輯伊恩·希思洛普所說的：「在十八世紀，『多愁善感』（sentimental）這個字〔在英國〕沒有貶抑的含義，而是用來稱讚有品味、細膩的人公開流露他們的感情。那個以『保持冷靜，堅持向前』著稱的國家還沒有出現。」

一直到接近十九世紀末，才出現了變化。狄更斯引用達爾文具有開創性的研究《人與動物的情感表達》（*The Expression of the Emotions in Man and Animals*, 1872），「推廣不同種族在情感表達上的優劣等級，以壓抑情緒的英國人排名第一，而原始的『野蠻人』則墊底。達爾文斷言，『野蠻人會為了極小的事情痛哭流涕』，而『英國人則很少哭泣，除非是在刺骨銘心的哀痛壓力之下。』」在二十世紀的戰爭中，堅忍不拔更是達

到神化的巔峰。像我公公，他出生在二次大戰末期，遇到危機時最常講的一句話就是：「海上還會發生更糟糕的事呢！」——而他說的多半都沒錯。可是今天，像這樣的態度並不常見，即使那些從小受到這種教育長大的人，也都揚棄了這個屬於他們父母那一代的特質。有份研究——說起來有點奇怪，這份研究是由渥伯頓家族烘焙公司（Warburtons Family Bakers）委託調查的——發現，每十個英國人當中，有七個人在跟朋友招呼時會親吻他們的雙頰，有六個人會在公開場合掉眼淚，有八個人會在家人和朋友的面前哭泣。很多人也都注意到，在一九九七年八月三十一日當天或是後來幾天，隨著鮮花如流水般地湧到肯辛頓宮門前，英國人的淚水近乎潰堤，這段期間，全國各地有許多人都在公開場合非常哀慟地追悼戴安娜王妃。當然，也不是每一個人都在這段時間內拋棄了他們的堅忍不拔，但是那些公開反對如此大肆張揚地表達哀慟或是坦承對此很反感的人，都遭到噤聲。

對於堅忍不拔的渴望，在英國可說是根深蒂固，從「保持冷靜，堅持向前」這句話在英國的大成功便可見一斑。很多人都以為這張有櫻桃紅背景和皇室標誌的海報，曾經在二次大戰期間激勵了英國的民心士氣，事實上，英國政府的新聞部設計這張海報是專門為了要在納粹占領時使用；戰爭結束後，數以千計的海報都遭到銷毀，只有極少數留存下來，其中一張是二

○○○年，在英格蘭北部一家「巴特書店」（Barter Books）發現的，而店主史都華和瑪莉・曼利（Stuart and Mary Manley）決定販售複製品。瑪莉跟《紐約時報》說，這張海報勾起了「對某種英國特色的懷舊感，是一種屬於那個時代的觀點」。今天這個意象的用法充分反映出二次大戰以來的巨大文化變革。這個意象已經徹底的商業化——印在如茶杯、茶巾、海報、胸針和托特包等各類商品——也愈來愈流行，甚至連英國民眾似乎也愈來愈少人注意到這個訊息的意涵。於是，加以諧擬、打趣的時機就日趨成熟了，其中一個替代的訊息就變成：「開始驚慌，崩潰不前」（Now Panic and Freak Out）——似乎只是剛好而已。

美國人同樣沉迷於模仿「保持冷靜，堅持向前」，其中一個諧擬就是「模仿模仿，模仿的模仿」（Meme meme and memey meme）。他們堅持以這種老派的眼光來看英國人，可能是因為英國人還是比他們要超然，於是美國人就解讀成堅忍不拔。這年頭，舉例來說，儘管英國人還是絕少在火車上跟陌生人聊天，如果有人連續替他們開兩次門就會感到渾身不自在，也通常會跟局外人保持一定的距離，但是在他們自己的社交圈內，卻可能跟其他任何人一樣的誇張、感傷和哀慟——這還讓人覺得挺新鮮的，至少你不會聽到我對此嘀嘀咕咕。

Bloody
他媽的

用這個字，我們一起罵人——也一起分享

　　二〇一四年，馬丁・史柯西斯的電影《華爾街之狼》（*The Wolf of Wall Street*）上映時，有個與眾不同之處引起了熱議：片中出現了比任何其他戲劇更多以F字母開頭的髒話，總共五百零六次，平均每分鐘二點八三次。在電影史上，只有一部以這個字本身為主題的紀錄片超過它的紀錄，總共出現八百五十七次，而這部紀錄片的片名就名符其實地叫做《幹》（*Fuck*）。不過，這在美國電影裡早就司空見慣，電影中褻瀆的髒話動輒上百；電視的標準則稍微嚴格一點。早在一九七二年，諧星喬治・卡林發行了一張專輯，其中有一段獨白叫做〈七個永遠不能在電視上說的字〉（Seven Words You Can Never Say on Television）；如今，這七個字，你全都可以在有線電視節目中聽到，不過在無線電視的節目中依然是禁忌。這樣的禁忌也刺激了創意。如同電視劇「廢柴聯盟」（*Community*）的

製作人丹恩‧哈曼在《紐約時報》上所說的：「以一個創作人來說，你永遠都在尋找更有力的方式來稱呼某人蠢貨。〔傻逼（Douche）〕是在最近這幾年才剛演化出來的字——聽起來就像是你不能說的事情。」

　　英國文化受到美國影視作品的影響極深。任何一個沒有去過美國的英國人若是以為美國這個地方的人，開口閉口全都是F字母開頭的髒話，就像伊萊莎‧杜立德[1]不會發「H」這個音一樣，也都是情有可原；然而，事實卻未必如此。在美國，仍然存在一種如清教徒般講究極高道德的標準，常常引起英國人的廣泛討論，卻乏人理解。這種道德標準往往以讓人意想不到的方式呈現，像是不願意說出一些看似無害的字眼（詳見第83頁的「廁所」一節），還有提到罵髒話就特別講究的文雅。舉例來說，美國人覺得公眾人物罵髒話是件了不得的大事。因此，當歐巴馬總統在追究英國石油漏油案時，宣稱一定要「找出罪魁禍首，好好踢他一頓屁股」時，《時代》雜誌（*Time*）還刊登了一篇名為〈政治髒話簡史〉（"Brief History of Political

---

1　譯註：Eliza Doolittle是蕭伯納戲劇《賣花女》（*Pygmalion*）劇中的角色，出身倫敦東區，操著一口考克尼口音的腔調，後來在語言學家希金斯教授的調教下，改正了口音，成了社交名媛。此劇後來改編成音樂劇和電影《窈窕淑女》（*My Fair Lady*）。

Profanity"）的專文，說：儘管「這個評論不是特別粗俗……但是從一位總統的口中聽到粗鄙的語言似乎總是格外震驚」。美國人——即使是總統之尊——都會使用各種語言，但是在現實生活中，口出穢言讓人震驚程度還是遠超過你的想像——如果你對美國文化的了解主要來自電影的話。

在現實中的美國，遇到一位「奈德・弗蘭德斯髒話學院」[2]的畢業生，並不是非比尋常之事，因此也就常常會聽到：「Gosh darn it!」、「What the dickens?」、「What the flood?」、「Leapin' Lazarus!」之類的話[3]。茉莉・葛蕾在她的部落格「就直說吧」（Just Effing）如此形容這個現象：「我最近跟某人說到，如果沒有發生什麼事的話，我會嚇成粉紅色油漆〔shocked as pink paint〕；我母親以前在形容某個人或某種情況在走下坡時，會說『在手提籃子裡下地獄』〔going to hell in a hand basket〕；我祖母以前碰到什麼意外或是受到驚嚇時，會說『晚安！』〔good NIGHT〕……我也不知道是從哪裡學來的，

2　譯註：Ned Flanders是動畫電視節目「辛普森家庭」裡的人物，是一名虔誠的基督徒，罵髒話時都要加以修飾，在台灣頻道播出時，翻譯成「滷肉王」。

3　譯註：這些都是經過修飾的髒話，分別代表「God damn it!」、「What the devil?」、「What the fuck?」、「Leaping lizards!」。

我有時候會說：『H-E 加兩根牙籤』或是『fudge』[4]。」就連尼可森‧貝克也在他的小說《洞洞俱樂部》（*House of Holes*）裡——本書副標題為「一本淫書」，保證名符其實——讓書中人物說出像是「for gosh sake」、「golly」和「damnation」[5] 之類的話，不過也保留了「fuck」這個字，以維持書中的真實性。

有位搬到洛杉磯定居的英國女性西莉雅‧華爾頓跟《每日電訊報》說，「美國人不像我們那麼愛說髒話。」她覺得耳根子很清新。（「我幾乎有一整年都沒有聽到髒話。」），還說她之所以對髒話有「全新的敏感度」，可能跟她剛成為母親有關，她希望她的孩子「不會變成像我在雪柏布許〔Shepherd's Bush〕看到的一個小孩子一樣，他不小心從推車裡跌下來，竟然用責難的眼光看著他母親，然後清楚地說了一句：『他媽的，見鬼了！』（Bloody hell!）我到現在還在想：那會是那個可憐的孩子開口說的第一句話嗎？」

不管英國人從幾歲開始學會罵髒話，他們罵起髒話來似乎

4　譯註：二者都是經過修飾的髒話，前者代表「Hell」，就是拼出前兩個字母 H 和 E，而兩個小寫的 L 看起則像是兩根牙籤；後者則是代表「Fuck」。

5　譯註：也是修飾過的髒話，「gosh」代表「god」，而「golly」又是白人用來代表「gosh」的用語；「damnation」則用來代替「damned」。

都比美國人來的更流暢，也比較會使用多采多姿的語言，還結合一絲絲的幽默感，又不致於太粗鄙或低俗；有些人甚至有本事可讓不是髒話的詞彙聽起來像是在罵人。史蒂芬·佛萊和休·羅利曾經表演過一齣短劇，基本概念就是：如果BBC不讓他們在節目中罵髒話，他們就自己造詞，創造一些罵人的詞彙，「有些字眼的細節還真的很殘酷……沒有人可以阻止我們用這些字。」以下就是：

史蒂芬：變態（prunk）。

休：屎蛋（shote）。

史蒂芬：趕羚羊（cucking）。

休：賤人（skank）。

史蒂芬：哇靠（fusk）。

休：管理顧問（pempslider）。

史蒂芬：不行，我們說過了不能用這個字。

休：有嗎？

史蒂芬：有，那太過分了。

休：什麼？「管理顧問」耶？

史蒂芬：給我閉嘴。

就算不自創新詞，英國人罵人的詞彙肯定也比美國人多，

而且使用得淋漓盡致；美國人多半覺得新鮮有趣──好像英國人在用另外一種語言在罵人似的──可是露絲・瑪歌儷斯在美國BBC網站的部落格「小心縫隙：英國人在美國的生存指南」（Mind the Gap: A Brit's Guide to Surviving America）中警告他們說，美國人可能會覺得他們的語言很侮辱人：「如果跟沒有那麼熟的人在一起，要避免使用……友善卻侮辱人的玩笑話；英國人會彼此吐槽，羞辱對方，因為我們沒有那麼認真，也不太會真的表達自己的情緒，所以愈是熟悉的朋友，彼此攻擊的力道就愈強，但是完全不會影響到我們的友誼。美國人就不是這麼一回事了。如果你跟美國朋友說他是個白痴、蠢貨或是X他媽的笨蛋，那麼他可能就不會邀請你去參加他的婚禮了。」

　　的確，有些英國人隨口會用的字眼，在美國人聽起來卻更傷人或是侮辱人。比方說，就像瑪歌儷斯所說的，在英國，你很可能會取笑朋友──不分性別──說他們是個蠢貨（twat，剛好跟貓〔cat〕押韻）或是以c開頭的四個字母的字眼[6]來稱呼他們──這個字在美國是連說都不能說的。就連原則上一點也不反對髒話的語言學家約翰・麥克霍爾特都將這些字跟n開頭的那個字[7]一視同仁，列為美國最嚴重的禁忌。美國人聽到

6　譯註：指「cunt」，原意是女性的性器官，俚語中用來辱罵女性。

7　譯註：指「negro」，是黑人的意思，是帶有極度歧視的字眼。

這些字眼如此輕易地流通，是真的會為之震驚。

　　也有一些英國人常用的詞彙，實際上比美國人耳裡聽起來的還要「更有罵人的意味」——或者至少沒有那麼禮貌——純粹只是因為他們不熟悉而已。休·葛蘭在電影《你是我今生的新娘》（*Four Weddings and a Funeral*）片中表達挫折和沮喪情緒時所說的「渾球！渾球！」（Bugger! Bugger!），曾經引起一片訕笑，但是誠如菲立浦·索迪在《千萬別說！——禁忌字詞典》（*Don't Do It! A Dictionary of the Forbidden*）一書中所指出的，「bugger」一詞原來是辱罵、雞姦的意思，有一段很長又不堪的歷史：「在現代英語中絕少使用其字面上的意思，在美國幾乎沒有人用，因為這個詞指的是雞姦……其字源來自古法文的『bougre』，是中世紀羅馬天主教會用來形容希臘東正教的用語，據稱其信徒都是保加利亞人，受到阿爾比教派的異教影響，因此會進行一些非自然的邪惡行為。由於卡特里教派認為純潔貞節是特別的美德，所以這樣說其實是有一點不公平。不過在中世紀，既然常常把雞姦和獸交行為與異教和巫術聯結在一起，會有這樣的發展或許也在意料之中吧。」此外，「bugger」一詞還有很多不同的用法：「bugger off」是「滾開」的意思；「I'll be buggered」通常用來表達意外和訝異；「bugger me」相當於「好傢伙」，可以用來表示認同，不過隱含了某種程度的驚訝。同樣的，「sod」一詞——用來形容笨

蛋，也可以當動詞用，叫某人「sod off」就是要他「滾開」的意思——這個字其實是「sodomy」（雞姦）的短版。

至於「bloody」一詞則是多用途的詞彙，用來加強語氣；根據《牛津英語辭典》的定義，這個詞彙一度是語氣最強烈的語助詞，幾乎在每個英語系國家都會用到——除了美國之外。一九一四年，蕭伯納的《賣花女》（*Pygmalion*）劇中用到了這個字，引起了極大的爭議。（後來，有位《每日快報》〔*Daily Express*〕的記者訪問到一位真正的考克尼賣花女郎，她說蕭伯納的對白一點也不真實，她跟其他一起賣花的同伴都沒有人會用那麼低俗骯髒的語言。）吉爾伯與蘇利文的歌劇《拉迪戈》（*Ruddigore*，原本的拼法是*Ruddygore*）在一八八七年一月首演時，這個劇名也被視為不雅。伊恩・布萊德雷在《吉爾伯與蘇利文全註解》（*The Complete Annotated Gilbert & Sullivan*）一書提到，有一天，吉爾伯在倫敦俱樂部裡，有位同一個俱樂部的成員跟他說，在他看來，「Ruddygore」跟「Bloodygore」沒有兩樣；吉爾伯立刻頂回去說：「那麼，如果我說：『我欣賞你紅潤的（ruddy）面容』時，就表示『我喜歡你他媽的（bloody）臉頰』，想來你也可以接受囉。」現在很難太認真嚴肅地看待「bloody」一詞，因為英國人實在太濫用這個字了。任何一個好的罵人用語都有這樣的危險：使用過度，結果反而失去了它原來的意義。不過，在美國人聽來，

「*bloody*」一詞依舊是典型的英國罵人用語，也是少數他們到現在還沒有接納的英式英文用語之一（除非他們故意假掰或是用來嘲諷）。

　　英美兩國對於影射男性生理特徵的髒話，似乎都同樣著迷。美國人和英國人都同樣使用「dick」、「cock」、「prick」來稱呼男性的性器官，英國人則更進一步，還用到了「pillock」和「knob」；另外，稱呼打手槍的人則還有「tosser」和「wanker」。有個叫做布萊恩・D的評論員，在班恩・雅各達的部落格「長期英式英語」（Not One-Off Britishisms）中分享了一個故事，講到他們公司裡有一群英國工程師被派到美國麻省的王安實驗室（Wang Lab）工作；他們受邀去參加一個會議，表揚成績優異的員工：「台上宣布此人是公司之王，所以要頒給他一座『王安之王』（Wang King）的獎項。言畢，只見整團的英國人奪門落荒而逃。」

　　類似的誤解不勝枚舉，但是有一件事情絕對錯不了。如果你想要罵人，又希望大西洋兩岸的人都聽得懂的話，那麼使用一個字就絕對不會出錯──正是最經典、最普遍，堪稱罵人用語界裡的黑色小禮服：「fuck」。正如奧黛莉・赫本說過的：「我學的每一件事，都是從電影裡學來的。」

Scrappy
懶散／奮戰不懈

這個字讓我們發現
美式自嘲與英式自嘲之間的差異

　　棍子和石塊可能會打斷你的骨頭，但是禍從口出，真正會讓你惹上麻煩的卻是你說的話。不論你的原意是好是壞，最好先確認你的遣詞用字是否真的表示你心裡以為的意思。比方說，在英國，讓人感到舒服的東西，會用「homely」來形容；但是在美國，「homely」一詞卻是形容人長得醜。在英國，說人家是「布偶」（muppet）表示此人很愚昧、無能；但是在美國，「布偶」卻是吉姆‧韓森製作的一齣備受喜愛的電視節目裡人物。在英國，形容一個人（或一件事）「scrappy」，是說此人或此事很散漫、零碎，沒有組織；但是在美國，說一個人「scrappy」則表示他有必勝的決心，一定要完成目標，而且通常是在資源有限的環境下奮戰不懈。在美國，「scrappy」是一種稱讚，通常有屈居劣勢者的弦外之音。

在英國人眼中，美式的奮戰不懈似乎有些不合時宜——感覺上有點太費心計較的意味——不過英國向來都喜歡支持弱勢的一方，尤其是在運動方面。（附帶一提，sport這個字在英國是不會自動加s成為複數，但是在美國會。）儘管英國聲稱每一項值得玩的運動都是他們發明的，但是現在他們唯一還能稱霸的就只剩下自行車賽了；幾乎在其他的每一項運動賽事中，他們都已經習慣看到自己國家的選手居於劣勢。因此，每當英國運動員或是英國隊可望獲勝的時候，在贏得勝利之前的那個階段，大家都緊張地屏息以待，獲勝之後，則是毫無節制地歡樂慶祝。雖然他們不願意承認，但是贏得勝利對英國人來說或許還是事關重要吧？——不過又有誰能怪他們呢？在十九世紀稱霸全球的一方，直到現在仍然在慢慢適應他們在二十一世紀的弱勢角色。

　　美國人偏愛勝利的一方，這是舉世皆知的事實，但是美國人對於弱勢者的喜愛也無人能出其右。局外人或許很難理解居於優勢的美國人何以對受到壓迫的弱勢者也能感同身受，但是對美國人來說，這完全合情合理。美國的自我神話中，有很大一部分都跟克服逆境有關。從美國獨立革命的勝利，到大西部開墾拓荒的冒險故事，乃至於到天寒地凍的阿拉斯加苔原淘金尋寶的歷程，這些在不可能的環境中克敵制勝的論述，正是美國史的核心。在二十一世紀的今天，美國或許是占優勢的一

方，但是早年屈居劣勢的記憶依然歷歷在目。所以美國人才會特別喜歡從劣勢中慢慢向上爬的勝利者，也經常描繪弱勢的參賽者如何奮發向上，讓勝利的果實嘗起來分外甜美。麥爾坎·葛拉威爾也在《以小勝大》（*David and Goliath: Underdogs, Misfit and the Art of Battling Giants*）一書中證實了弱勢參賽者更奮戰不懈——也就是更努力——的概念；他在書中詳述了許多在不可能的環境中贏得勝利的故事，並且從一個局外人的角度，描寫這些贏家是如何咬緊牙關，堅決不懈地為他們贏得了有悖常理的競爭優勢。

在美國——不像在英國——這種對奮戰不懈與弱勢者的喜愛，也延伸到運動場上。美國人（不是每個人都這樣）喜歡把自己描繪成居於弱勢的一方，只要一找到機會，就會滔滔不絕地分享他們的奮鬥史。成功的創業家可能會承認他有閱讀障礙；你也可能會發現有些人仍然自認為是先前遭到迫害的少數族群（如義大利裔的美國人、愛爾蘭裔的美國人），儘管他們是出生在紐澤西或波士頓的第四代，而且他們跟自己血統背景的主要聯繫也只剩下媽媽的肉丸或蘇打麵包；某位生活富裕的財務顧問可能會跟你說他小時候，到了發薪水前的那個星期，他父母親幾乎沒有錢買食物。從上大夜班，到憑藉三寸不爛之舌，掙得了他們在那個領域的第一份工作，乃至於好幾個月都只能靠泡麵維生，美國人喜歡跟你說他們是如何地努力才爬到

現在的地位，他們以此為榮，一點也不會感到難為情，因為這證明了他們辛勤努力地工作，證明了他們的奮戰不懈。（我在大學畢業後搬到紐約，為了實現成為書籍編輯的夢想，在麵包店兼差打工；週末都在店裡賣瑪芬蛋糕，晚上裡看稿直至深夜；這樣的生活一直持續到有一天——某個令人難忘的星期天，但是我已經累到無法精確地記得是哪一天——我在切麵包時不慎切到了自己的手指頭，還進了醫院的急診室。我痛得猛掉眼淚，但是對於自己的工作精神，仍然頗引以為傲。）美國人始終都充滿了企圖心，也不怕被別人知道。這種自我神話的塑造從很早就開始了，通常在申請大學入學的作文截稿之前。美國人——特別是成功的美國人——希望在別人的眼中看來都是白手起家，甚至到過度渲染自己奮鬥史的地步。英國人對於弱勢者的喜歡，就沒有這麼誇張。

在英國，若是被稱為「scrappy」（美國人說的意思），可一點也稱不上是恭維。白手起家並不丟臉——除了在那些勢利鬼的眼中——但是也沒有什麼值得說嘴的。英國人並不愛宣傳自己的背景和個人經歷，如果被視為競爭心太強、或是太在乎輸贏，或是直接詢問——或回答——關於自己家世的問題，那就顯然太愚昧了。電視劇「唐頓莊園」的製作人朱利安·費婁斯就格外敏銳地觀察到這個英國特質；在他的小說《嘖嘖！上流社會》（Snob）中，他描繪一個上層階級的角色布洛頓伯

爵：「他不質疑也不拒絕他的地位，可是也不會特別去利用他的地位。就算他曾經想過繼承或是階級的問題，他可能也只會說他覺得自己很幸運而已。不過，他絕對不會大聲說出來。」至於另外一個角色厄克菲爾德夫人，他則寫道：「她始終給人那種生活中的一切都會直接送到她眼前的印象，〔讓她〕感到很開心。」

對某些人來說，甚至連伸出手來打個招呼，都覺得有點逼人太甚，像伊夫林・沃爾筆下短篇小說〈覺悟〉（"Out of Depth"）中的麥特羅蘭夫人，「就很少介紹她的賓客，以免打擾他們的清靜」。然而，這並不表示英國人就不像美國人那麼好奇，想要知道「你們都是打哪兒來的」，可是因為受限於他們的社會習俗，無法直接開口詢問，只好拐彎抹角，仰賴一些蛛絲馬跡來打探對方。當英國人遇上了英國人，他們就展開一段複雜的雙人舞；在局外人看來，他們似乎在談論天氣，事實上，他們就像狗在嗅著彼此的屁股一樣：正在摸索著是否可以跟對方交朋友。

《窈窕淑女》裡的那首〈英國人為什麼不行〉（Why Can't the English）歌曲，現在聽起來可能有些老古董，但是歌詞的內容卻依然正確無誤：「英國人說話的方式絕對透露他的階級／他一開口說話，就讓其他的英國人鄙視他」。第一個線索就是說話的口音，不過那還不是最重要的；職業、教育、住址、

文化元素和收入，都要列入考量——可是這些因素都必須靠旁敲側擊才能確認。如果兩人之間有巨大的差距，那麼彼此就保持一絲不苟的禮節；如果是較小的差異，這時候就會產生一些衝突，其特徵就是日漸凋零的勢利眼。

在這種階級分類的儀式中，自我貶抑——也就是英國人「比爛」的藝術——就扮演了重要的角色。中等和中上階級的女性最會這一招了；為了跟對方交心（或是正好相反），她們會主動提出有關她們自己、家庭、甚至小孩的一些負面細節，而且通常都是肉眼無法察覺的缺陷，這些缺陷可能是真的（對朋友或是階級相等的對象才會說真話），但是也可能意在嘲諷，有時候局外人是不太容易分辨得出來。來看看以下這個例子。有個媽媽，她的小孩跟密道頓家的孩子念同一所學校，她在接受《每日郵報》（*Daily Mail*）的訪問時所說的話，表面上看起來像在稱讚對方無懈可擊的穿著，同時批評自己的骨肉：「服飾上的每一個小配件都沒有缺陷，還縫上了漂亮的名牌……很難想像他們最後還是跟我們其他人一樣都是用麥克筆寫在標籤上。運動會那天，舉辦了盛大的野餐，還要選出最棒的網球拍，那一類的活動。讓我們其他人都覺得根本就沒有指望。」你可別受騙了！這個媽媽表面上在稱讚密道頓家注重外表，會浪費錢去買一些花俏的衣服和裝備，其實真正的用意是確認她自己的上流階級地位（她有足夠的信心讓自己的孩子穿

得邋里邋遢，還有去他的名牌哩），同時批評密道頓家如此用心良苦，最多也只是想努力向上爬的中等階級罷了。如果她真心認為密道頓屬於她們那個社會階級，就不會一再地用「我們其他人」這樣的詞彙將他們排除在外。美國人通常不會注意到這種反諷的風格，原因很簡單：誰不希望在學校野餐日成為毫無瑕疵的家庭呢？現在你懂了吧？

　　另外一個用話語羞辱人的例子，則是一九八七年發生在保守黨政客之間的糾紛，還被國會議員兼日記作家亞倫‧克拉克記錄下來。當時的農業部長邁克‧喬普林勛爵批評前一陣子才剛從柴契爾夫人的內閣中辭職下台──而且還不無爭議──的麥克‧海索廷說：「麥克最大的問題出在他所有的家具都要自己買。」黨內的上流社會成員向來看不起海索廷，認為他只是個「暴發戶」；克拉克嘲諷地說，「黨內的暴發戶全都覺得他才是貨真價實」。據說，海索廷還在大學時代就已經在一個信封的背面規畫好他的人生目標（二十五歲之前成為百萬富豪；三十五歲之前當選國會議員；五十五歲之前成為首相）；雖然他自己說不記得有這麼一回事，但是正如德卡‧艾特肯海得在《衛報》的報導中所說的，儘管海索廷沒有達成最終的目標，但是「那個信封已經成為國會中對野心的粗鄙傲慢的代名詞」。諷刺的是，海索廷雖然未能當成首相，但是他今天在英國政治統治集團中仍然取得一席之地，而且地位穩如磐石。附

帶一提：有位亞倫・克拉克在保守黨內的同儕聽到喬普林的評論之後覺得很可笑，說這句話「出自一位父親必須自己買城堡的人，似乎有點過分了」。

我不想製造一種印象，好像英國人討厭白手起家的人。其實，自大才令人討厭。那些追求媒體曝光率、炫耀財富或是高調過日子的人，都會有遭到反撲的風險。社會大眾風靡像艾倫・蘇格——在英國版的電視節目「誰是接班人」（The Apprentice）裡擔任川普那個角色的人——和維珍集團創辦人李察・布蘭森（Richard Branson）這樣的人，不只是因為他們白手起家創造了巨大的財富，同時也是因為他們欠缺謙遜；他們坦率到動不動就發怒的程度，好像看誰都不順眼。他們厚顏、輕率，所以也經常成為媒體圍剿的對象。當布蘭森以健康——而非財富——為理由，搬到他在加勒比海上那座免稅的小島時，攻擊的砲火也立刻尾隨而至。布萊恩・李德在《每日鏡報》（Daily Mirror）上說：「〔他應該〕把他的頭銜從『帝國騎士』〔Knight of Realm〕改成加勒比海盜。」不過，我們還是不免覺得，像蘇格、布蘭森和其他跟他們一樣的人，其實是故意走極端；他們不在乎社會習俗怎麼想，但是很喜歡他們在公眾生活中所扮演的角色，而且似乎還玩得不亦樂乎。至少，我相當肯定，如果有個美國人說他們很「scrappy」的話，他們沒有一個人會覺得那是一種差辱。

Pull
拉線／釣人

看到這個字，我們閉上眼睛

想著英格蘭

　　想像一下，如果你把英語當成一種外語在學習，那麼看到「pull」、「snog」、「pick up」、「make out」和「screw」這樣的詞彙，你會以為是什麼意思？聽起來像不像是「世界上最強壯的人」比賽中會用到的字眼？或是什麼比較鮮為人知的奧運賽事？好像怪獸卡車大賽裡會發生的事？（**星期天！星期天！星期天！一定要看！一定要看！一定要看！**）英語中求愛的俚語可一點也不尊貴。沒錯，這些字在英語裡都是完全天真無邪的活動，就像從練習場上撿回高爾夫球一樣，原本是一點也不奇怪的事──難道「ball shagging」聽起來像是要付費請年輕小男孩來做才算合法的事情嗎？[1]

1　譯註：「*shag*」一詞原義只是一團毛線球，當動詞用時，表示追球或撿球。

「pull」、「snog」和「shag」在英語裡正是「pick up」（釣人）、「make out」（親熱）和「screw」（性交）的同義詞。「釣人」（pulling）——去吸引某人——正是單身男女晚上出遊的重點；而「你釣到人沒？」（Did you pull?）則是隔天早上朋友之間會提出來的問題，儘管這個字本身並沒有明確指出「釣人者」和「被釣者」之間究竟發生了什麼事。從這個角度來說，這個字跟美國的「hooking up」差不多，可以指擁吻親熱或是發生性行為或是二者兼具。美國人也會用棒球比賽來比喻性關係，從一壘、二壘、三壘到本壘，分別表示從親吻到發生性行為，親密的程度愈來愈高；英國人倒是沒有試過用板球的術語來形容，想到一場板球比賽可以連續打上五天，我想還是不要好了。在英式英語裡，如果你「fancy」某人，就表示你對他或她有一種浪漫的綺思幻想（順便提醒一下，你也可以「fancy」一塊蛋糕、一雙新鞋或是一杯茶，純粹只是精神上的念頭）；如果你跟某人聊起來（chat up），那麼你可能希望能夠跟他親熱一下；跟異性調情還有一種比較直接的方式，在英語裡相當於狼嚎（也同樣受到歡迎）：*Phwoarr*！

大部分的美國人都是從邁克·梅爾斯調侃詹姆斯·龐德的系列電影中——包括《王牌大賤諜II：時空賤諜007》（*Austin Powers: The Spy Who Shagged Me*）——學到了「shag」這個字。事實上，那些去看電影的人絕對猜不到「shag」一詞在其

祖國粗俗的程度。這些電影裡充斥著青春期的小孩子才會說的黃色笑話，若不是片中包含了太多跟班尼・希爾與彼得・謝勒這些一九六〇年代知名諧星相關的影射，我們還真的會以為編劇就是個十幾歲的青少年哩。愈是嚴肅的話題，英國人就愈喜歡拿來打諢插科，此話或許不假；在英國的性政治中，本來就瀰漫著一股思春期的調調。畢竟，除了英國之外，你還能在哪個國家看到日報的第三版刊登上空裸女的照片？（《太陽報》〔Sun〕目前是英國最暢銷的日報，不過《每日電訊報》的編輯會指出，他們才是英國最暢銷的質報。）而且——借用《太陽報》編輯多明尼克・蒙那罕的話——還認為這是「無傷大雅的制度」？美國，你也別愁，事實上沒有聽起來那麼猥褻。有個第三版模特兒女郎珮塔・托德就曾經說過：「你想在第三版發現什麼色情的話，那可不太容易，其實就只是媚俗，討好讀者罷了。如果照片太色情，如果笑容不夠燦爛，那麼最生氣的人就是《太陽報》的讀者。」美國人倒也不是那麼成熟，畢竟就是他們率先讓「王牌大賤諜」系列電影成為賣座熱門片，而且他們還覺得內衣模特兒若是裝上了翅膀，看起來會更性感呢。

　　講到了約會，英美兩國在方法上就有一些極大的差異。美國人比較可能會輕易地跟他們剛剛才碰到的人去約會，有些約會專家甚至還鼓吹「一次約會法則」——也就是說，不管你對這個人的第一印象如何，都不要拒絕人家的第一次邀約，因為

你不試怎麼會知道呢？美國人如果遇到了他們想要進一步了解的人，未必就會斷絕跟其他約會對象的往來——直到他們彼此「談過」，決定要正式成為一對一的男女朋友關係。

美國人會很快地承認對彼此有興趣，但是若要彼此認定、承諾這個關係，他們的動作就很慢了。反之，英國人承認對彼此的興趣很慢，然而一旦對方有了正面的回應，卻很快就會承諾一對一的關係。有位移居英格蘭的美國朋友跟我說到，在晚宴結束後或是晚上在酒館裡，想要約她出去的男生會對她提出各種拐彎抹角的問題，她形容這簡直是酷刑。他們想要知道她究竟為什麼跑到這裡來的，她的其他朋友都有些什麼人，她住在城裡的哪一區，還有在這裡住了多久——這還只是開始而已。後來，她終於琢磨出：原來他們想要先確定再次遇到她的機率有多高，然後才會真的直接約她出去，倒不是因為懶惰，而是因為對他們來說，對某人表達特別的興趣會有極高的風險。她總是要巧遇某人五、六次以上（至於是不是刻意安排的，就只有天知道了），對方才會約她出去吃晚餐；到那個時候，他會認定她目前「沒有」同時跟任何其他人談戀愛。一旦他們成功地約會了一、兩次，他們就會被認定為一對——甚至還沒有經過美國式的正式「談過」。她吃一番苦頭之後，這才理解到：原來她對約會的隨興美國態度，在英國是吃不開的。

這些文化差異，似乎不只是一般表面上認知的英國人保守

內向，美國人開放外向而已。事實上，你不需要去釣人，也會知道這是真的。旅居海外的美國人或英國人只要試著去交朋友，就會知道箇中的奧妙。我們搬到英國大約一年之後，在家裡辦了一次晚宴，當天晚上，我們學到了一課。（除了大家在喝了多少酒之後會變得好辯或是整個人撲倒在甜點上──這些是一般倫敦晚宴上都會知道的事。）

我先生的一名同事問我喜不喜歡倫敦；我說我非常喜歡，但是覺得除了禮貌性的談話之外，很難跟人家深入交談或是從點頭之交變成真正的朋友。他說，他一點也不意外，「英國是個小地方」；他又進一步解釋說，不論你住在英國的小鎮或是大都市，隔不了幾個人就會有人認識你可能要約會的對象或是可能會結交的朋友。設想你從小在學校，甚至在大學裡認識的每一個人，最後都住在同樣的那幾個地方，而且彼此都不算太遠。在英國約會就像是在一個小鎮上約會，不論你是在水上伯頓或是伯明罕，在倫敦或是雷明頓；尤其是階級區別讓這個小國家變得更小。

在美國，你不會覺得像是在小鎮上約會，除非你真的住在小鎮或者你雖然住在大城市，卻很少離開你生活的周遭環境（例如你的辦公室、健身房或公寓社區）。電視劇「歡樂單身派對」（Seinfeld's）有一集「撞球夥伴」（The Pool Guy）裡，喬治強烈反對他的朋友伊蓮跟他的女友蘇珊做朋友，還胡言亂

語地說他的「世界要撞在一起」了。

> **喬治：**你完全不知道這件事情的嚴重性。如果讓她滲透到這個世界，那麼你所認識的喬治‧柯斯坦沙就不復存在了。你知道，現在我有一個「有女朋友的喬治」，但是另外還有一個「獨立的喬治」——就是你認識的喬治，跟你從小一起長大的喬治……「去看電影的喬治」、「去咖啡廳的喬治」、「說謊的喬治」、「下流的喬治」。
>
> **傑瑞：**嗯，我喜歡那個喬治。
>
> **喬治：**我也是。可是他就要死了，傑瑞。如果「有女朋友的喬治」現在從那個門走進來，他就會殺掉「獨立的喬治」。一個發生內訌的喬治是不能存在的。

喬治這個例子或許太極端，但是美國人會覺得好玩，正是因為很多人都有同樣的想法，只不過程度沒有那麼激烈而已。美國人未必會期望——或是想要——他所有的朋友都彼此熟識，這對英國人來說似乎有些奇怪，因為他們有很多人交了一輩子的朋友——還有這些朋友的朋友——全都住在方圓幾哩內的地方，也形成一個緊密的小圈圈，他們也都覺得理所當然。釣一個局外人所涉及的社交風險，遠遠超過可能帶來的好處；就算不是這樣，其風險也一定高於住在一個幅員較廣、人口較

分散的國家，例如美國。這也說明了為什麼在英國較少出現隨機的約會——你人很好，我們去喝杯咖啡吧；這同時也是旅居英國的美國人會覺得自己遭到孤立的一個原因。認識外籍朋友比較容易，風險也相當低——他們總是來來去去，留下社交的空間讓新來的人加入；但是要認識新的英國朋友就困難的多了，他們必須在各種聚會中跟你見過五、六次面，才會覺得跟你熟悉到可以一對一碰面的程度。當你搬到一個新的國度，第一要務就是認識一些純友誼的朋友，這不像是尋找終生伴侶。我開始覺得喝咖啡是「一壘」，吃午餐是「二壘」；「三壘」是應邀到他們家裡吃晚餐，如果他們決定將你介紹給其他的朋友，那就是「全壘打」了。如果運氣好的話，過了一陣子，你們會變得更親近，甚至到了沒有心記得當初究竟是誰先釣誰。

Shall
將要／可以

這個字，在美國很少聽到

不過在英國仍然有人說

在美式英語裡，「shall」一詞已經完全消失了。如果有個美國人用了「shall」這個字，通常是為了讓語氣聽起來特別正式，或者是對某人採取英國人所謂的「輕聲細語、凡事慢慢來」的語氣。不過，「shall」一詞在服務業仍然倖存——「我可以（shall）替您拿外套嗎？」——還有像「仙履奇緣」這樣的童話故事：「親愛的，妳將要（shall）去參加舞會。」

「Shall」一詞帶有義務和必須的意味，而不全然是自由意志的選擇；表示「必須要如何如何」，而不是「will」的「想要如何如何」。在日常對話中，「shall」一詞讓美國人想起孟肯所說的「娘娘腔」。

的確，為了讓那些搞不清楚箇中差異的人（人數還不少呢），我在此解釋一下基本規則好了：

如果要表示簡單未來式,在「我」(I)或「我們」(we)之後使用「shall」;但是在其他場合都只能用「will」:

我去找人來幫忙。(I shall get help.)我們去找人來幫忙。(We shall get help.)
——不管我們要不要,都會有人來幫忙。

他們去找人來幫忙。(They will get help.)
——我們什麼事都不必做,有人會來幫忙。

如果是為了表示決心或命令,在「我」(I)或「我們」(we)之後使用「will」;但是在其他場合都只能用「shall」:

我會去找人來幫忙。(I will get help.)我們會去找人來幫忙。(We will get help.)
——我/我們的用意就是去找人來幫忙。

他們會去找人來幫忙。(They shall get help.)
——他們已經接獲命令,要找人來幫忙。

所以全部都用「will」來替代,就要簡單多了。而且呢,

這個字還隱含了特別下定決心要這樣做的弦外之音，不只是非得去做不可，與美國人認為這個世界應該如何運作的信仰也不謀而合。因此，半是因為懶惰，半是因為魄力，「shall」一詞在美國就走到了生命的盡頭。但是如果你堅持要辯個一清二楚的話，你查閱的參考書很可能在一、兩頁就解決了「shall」與「will」之爭。《文法女孩》[1]用了不到一頁的篇幅就講完了，不過加註了一個警告：「如果你在正常的談話中以英國人說話的方式使用『*shall*』的話，可能聽起來會很做作或是傲慢。」

至於在英國，情況就比較複雜了——向來都是如此。傅勒[2]的《國王標準英語》（*The King's English*）對於「shall」與「will」之爭有長達二十二頁的詳盡解說，而且開宗明義就說這是個未經開發的危險地帶：「很不幸的，這個英格蘭南部居民天生就會的慣用語法（他們可能會覺得這個章節是畫蛇添足），非常地複雜，對於那些並非從小就習慣這個用語的人來說，可能很難學會；所以對他們而言，這個章節也會有派不上

---

1 譯註：Grammar Girl的全名是 *Grammar Girl's Quick and Dirty Tips for Better Writing*，是在二〇〇六年在線上發行的數位文法參考書；二〇〇八年也發行紙本參考書。

2 編按：H. L. Fowler（1858-1933），英國教師、辭典編纂者及語言評論家，編有《現代英語用法辭典》（*The New Fowler's Modern English Usage*）及《簡明牛津英語詞典》（*Concise Oxford Dictionary*）。

用場的危險。」儘管社會階級無法與地域一概而論——傅勒此言似乎就是這個意思——不過他的重點是：這裡有二十頁的說明——只針對一個字——足以讓社會階級較低的人不會擅自僭越。

在英國，沒有人希望讓自己看起來好像太費力。技巧必須是與生俱來，看起來似乎毫不費勁的，才能算數；一個人絕對不能表現出太努力或是像個書呆子似的，而是要表現出一副滿不在乎又得來全不費工夫的樣子。尤其在追求知識方面更是如此，不過也延伸到運動場上。一九六〇年代的諧星雙人檔佛蘭德斯與史旺曾經以歌曲批評外國人說：「他們跟裁判爭辯，他們贏了就歡呼／他們還事先練習，那有什麼樂趣可言。」

如果有哪個英國人表現得太努力，積極到令人難堪的地步，就算成績超越同儕，他獲得的回報可能就是易於受到攻擊。「恭喜啊！」表面上他們會這樣說，背地裡再捅你一刀。這就是所謂的「高罌粟花症候群」——有個英國朋友跟我解釋說：因為長得最高的罌粟花，通常會第一個被砍下來。

在美國，努力（而且更重要的是，被人家看到的努力）幾乎已經成了一種信仰。皮尤研究中心在二〇一一年做過一項調查，詢問受訪的美國人是否認同成功是受到他們無法控制的外來因素影響，結果只有百分之三十六的人贊成。因此，「shall」一詞不能真的算是美國詞彙的一部分，也就沒有什麼

好大驚小怪的了；對他們來說，只有代表個人意志的「will」才算數。

美國人堅持相信：只要他們夠努力，就可以成為、做到或是擁有他們想要的一切。這在今日的美國或許已經不絕對為真，但是這樣的想法深植在美國人的精神裡，證明「美國夢」的力量依然屹立不搖。

美國人熱愛成功人士，也替他們熱烈祝賀；這倒不是因為嫉妒不存在，而是因為一個人的成功也帶給所有人無窮的希望。在一個以生命、自由與追求幸福為基礎的巨大國度內，沒有什麼是零和遊戲；他們的感覺是：我也想要有她所擁有的，而不是我不希望她享受她所擁有的。美國人這樣的想法，更進一步擴展到相信：任何人若是超越其他的人，都是他們應該得到的獎賞，因此美國人樂於將他們的成就視為一種激勵，鼓舞他追求自己無限可能的夢想。畢竟，有為者亦若是，下一個成功的，可能就是他了。只有在發現有人作弊或是投機取巧才贏得領先的地位時，他才會磨刀霍霍，準備攻擊。

至於那些不是天生就了解「shall」與「will」之分的英國人，他們應該移民到美國去，到了那邊，就會覺得日子過得快活的不得了。如果你懷疑美國人遇到任何一個開口說話有任何一點英國腔的人，是否仍然把這種英國特質視為一種權威、幽默感或是高雅的才華，那麼你可能很久沒去美國了。

能夠善用「shall」一詞又不至於讓傅勒在九泉之下不得安息的英國人或許是少數，但是他們卻是力量極大的少數。如果你想加入他們的行列，或許可以試試威廉·華德在一七六五年設計的一套幫助你記憶的方法：

有*shall*的動詞，說的是固定的命令
或是我們認為的機會。
若是表示未來的*shall*動詞
對本身來說，是希望或是害怕的對象，
若是動詞本身，則是一種猜想或預測；
對其他的受詞，則是命令。
而有*will*的動詞則是表示未來
對其他的，則是希望或是害怕的對象，
想到其他的，一種猜想或預測；
但是對動詞本身來說，卻是一種命令。

愈聽愈糊塗了嗎？

有關「shall」與「will」之間的差異，即便在英國也有不同的看法，其原因不言自明。想像非以英文為母語的人會面臨什麼樣的困境吧，就像是一道極細的光束，就連英國人本身都未必能夠走到底而全然不出錯。愈是年輕、國際化的族群，就

愈可能會乾脆使用縮寫或是全部以「will」取而代之，完全避開這樣的困擾。話說如此，「shall」一詞也並未陣亡。我女兒在英國的托兒所唸了僅僅兩個月之後，有一天突然問我：「我們可以（shall）去公園嗎？我可以（shall）帶傘嗎？」我想，這還不算太糟，畢竟她可能會染上其他更壞的習慣——有些英國學校甚至還教女孩子行屈膝禮哩。

　　雖然用對「shall」這個字，已經不再是證明自己屬於上流階級的憑證——即使是那些屬於這個階級的人也不例外——但是其隱含的態度依然存在。在今天的英國，若是還有任何人因為其他人用錯了「shall」這個字就嗤之以鼻，瞧人不起的話，可能會被視為老頑固。不過，那些很在意的人也大可以說：雖然不用「shall」這個字，也完全聽得懂你說的英文；但是少了這個字，任何形式的英文都會為之遜色。

Sir

爵士

這個字，就是賢良正直之士拿到的那面鑼

（請容我稍後再解釋這是什麼）

　　我結婚當天，所有的賓客都盛裝出席。我們的美國客人聽說英國代表團也會出席，於是費了很大的功夫搞了一頂帽子來戴，有點像是理察・寇蒂斯[1]電影裡的場景；結果，大部分的英國客人卻選擇把帽子留在家裡。畢竟，那裡是麻州的劍橋，不是英國的劍橋郡。不過，因為婚禮在早上，所以許多男士都穿著晨禮服[2]——連我父親也是，雖然他寧可穿夾腳拖。我那

1　譯註：Richard Curtis 是在紐西蘭出生的英國導演，執導過許多英國知名的浪漫喜劇，包括《你是我今生的新娘》、《BJ單身日記》（*Bridget Jones's Diary*）、《新娘百分百》（*Notting Hill*）、《愛是你，愛是我》（*Love Actually*）等。

2　譯註：晨禮服（morning dress 或 morning suit）是男性的一種正式禮服，起源自十八世紀英國貴族的騎馬服裝，標準配備包括燕尾外套、

時候還年輕的不像話，所以愛怎麼穿就怎麼穿，當時我梳著高髮髻，掛著白絲綢面紗；面紗跟英國人所謂的「愛麗絲的髮箍」連在一起，這是一個非常浪漫的名字，因為在坦尼爾[3]替路易斯・卡羅的《愛麗絲鏡中奇緣》所畫的插圖裡，愛麗絲就戴著一個這樣的髮箍。對我來說，那就是一個髮箍而已。

當時，我稱讚一位素未謀面的老先生說他的領結很好看。他說：「謝謝你，親愛的。這是在我 *ninety*（九十歲）的時候，我太太送給我的禮物。」我說：「真的嗎？可是你看起來絕對不會超過七十五歲。」他說：「噢，你搞錯了，親愛的，是我 *knighted*〔封爵〕的時候。」我們倆都大笑起來，但是我不確定誰更開心一點。我當時以為他很可能是皇室的成員，可是事實上，他的頭銜是因為他的功績而來的——就跟英國現在大部分有爵位頭銜的人一樣。

一年兩次——分別在新年和六月的女王生日——英國的內閣辦公室會公布女王的授勳名單，「表彰全英國傑出人士不凡的成就與服務」；根據他們對民眾和國家所提供的服務類型，會頒給他們不同的勳章，每一種勳章又各有不同的等級，讓人

背心、領結和條紋長褲。

3 譯註：John Tenniel（1820-1914），英國插畫家，以創作《愛麗絲夢遊仙境》及其續集《愛麗絲鏡中奇遇》的插圖而出名。

眼花撩亂。其中包括「巴斯勛章」（Order of Bath）——頒給高階文官或軍官，其名稱由來據說是在中世紀晚期，在授勛典禮之前必須舉行沐浴儀式，象徵淨化靈魂；「聖麥可與聖喬治勛章」（Order of St. Michael and St. George）——頒給外交人員或在海外服務的人；「皇室維多利亞勛章」（Royal Victorian Order）——頒給親自為女王或皇室提供服務的人；「嘉德勛章」（Order of Garter）——這是極少數人才能獲頒的勛章，只限於英國君主和二十五名擁有公職或是對國家社稷有特殊貢獻的騎士；「大英帝國勛章」（Order of the British Empire）——表彰在藝術科學、公務體系外的公共服務、慈善和社福組織等領域的傑出表現，等等、等等。

每一種勛章裡又區分各種不同的等級，表示不同的聲望。以授勛數最多的大英帝國勛章為例，又細分為「大英帝國員佐勛章」（member of the Order of the British Empire，簡稱MBE）——表彰為他人樹立典範的功績；「大英帝國官佐勛章」（officer of the OBE，簡稱OBE）——表彰在任何領域扮演區域性傑出角色的功績；「大英帝國司令勛章」（commander of the OBE，簡稱CBE）——表彰有全國性影響力的功績；還有「大英帝國爵士／女爵司令勛章」（knight/dame commander of the OBE，簡稱KBE或DBE）。要受封為爵士或女爵，必須要有國家級的重要貢獻或鼓舞民心士氣的功績。很多名人都曾經拒絕

他們認為等級不夠崇高的勳章。比方說，艾佛烈德・希區考克曾經拒絕CBE，但是後來受封為爵士；伊夫林・沃爾也拒絕了CBE，一心期望後來能夠冊封爵位，但是結果卻始終沒等到。

雖然爵位和勳章都是由女王冊封頒贈的，但是實際上卻是由內閣辦公室的授勳及委任祕書處（Honours and Appointments Secretariat）負責英國國內的提名作業，由外交部負責外交服務與海外授勳名單。任何人都可以提名，交由九個獨立的委員會來審查提名申請，再將推薦名單送交中央授勳委員會，最後才將授勳名單經由首相轉交給女王。整個程序聽起來像是非常有組織的分工合作，不過提名過程的競爭卻非常激烈——事實上，競爭激烈到要讓許多有志於此道的人花錢請專業顧問來替他們準備申請資料。「授獎情報」（Awards Intelligence）就是一家這類的顧問公司，他們的官方網站看起來像是專營人身傷害索賠的律師樓，只不過比較有格調一點：「你準備好要接受女王的授勳提名了嗎？……你是否認識什麼人可能有資格接受女王贈勳，但是卻不知道他們是否符合所有的條件？……你想讓你的提名申請有更高的機率進入女王的授勳名單嗎？對於以上的問題，如果你的答案至少有一個『是』的話，請立刻與我們聯絡。」

等到大家引頸期盼的名單終於公布之後，無可避免的，總是演員、足球選手和演藝人員獲得最多的關注；然而，獲頒

這個夢寐以求的獎項——或是英國人說的那面「鑼」（gong）——的人，絕大多數都默默無聞。英國皇室的官方網站註記這些人可能是慈善工作的志工、急救員或是軍人、工業界的先驅、或是各行各業的專家等等。由女王頒發一個聲望卓著的獎項，有助於讓社會大眾注意到他們的工作，加強對他們這個行業的支持。有個朋友認識幾位最近獲頒OBE的受獎人；他說：其中就連最左派（還有表面上反對皇室）的人，都滔滔不絕地講述他們親身晉見女王的經驗，在講到他們的母親有多麼驕傲的時候，甚至還熱淚盈眶呢。不管你願不願意承認，獲頒勛章對自我價值來說，的確是很大的激勵。在一九八〇年代風靡一時的情境喜劇「部長大人」（*Yes Minister*）中，對於這一點，就有極生動的描繪。行政事務大臣吉姆・海克要求他的私人祕書伯納德解釋外交部頒發的各類勛章縮寫究竟是什麼意思（全都是不同等級的「聖麥可與聖喬治勛章」）。

伯納德：……的服務。CMG表示「叫我上帝」（Call Me God）；KCMG表示「請叫我上帝」（Kindly Call Me God）。

海克：那GCMG又是什麼？

伯納德：「上帝叫我上帝」（God Calls Me God）。

當然，在英國還有其他的爵位頭銜，就是貴族爵位，從上到下，分別是公爵、侯爵、伯爵、子爵和男爵。可是今天，這些頭銜都只是代代相傳的遺產——就像是父傳子的古董車一樣——因為自一九六四年以降，英國只新創了四個非皇室成員的世襲爵位（其中兩個封爵的人還沒有子嗣）。一九五八年的「終生貴族法」（Life Peerage Act）通過之後——這是非常英國式的表態，向平等主義者示好——就可以替功勳卓著的個人封爵，但是他的子嗣卻再也沒有世襲繼承爵位的權利。再說，從九〇年代開始，封爵的人也不再自動成為上議院的議員，所以這些頭銜都只是讓他們沾沾光罷了。（當然，還也要沾沾八卦雜誌《Hello!》的光。）

　　「騎士」（knight）一詞，原本就有一點僕人或軍人的意味，即便到了今天，服務仍然是策封騎士（爵士或是女爵）的中心。其他國籍的人——即使是美國人——也可以策封榮譽爵位，接受這個榮譽的人包括比爾·蓋茲、前紐約市長魯道夫·朱利安尼、前總統雷根和喬治·布希、史蒂芬·史匹柏等人。不過獲頒榮譽爵位並不能獲得女王用御劍在肩膀上「親點」兩下，也不能自稱「爵士」。那還有什麼意思呢？

　　不過，被稱為「爵士」帶來的困擾顯然比好處還要多。艾利斯特·庫克——廣播節目「美國來鴻」（Letter from America）的作者，在一九四六到二〇〇四年間，每個星期在空中談論美

國生活——曾經遇到一位受封為爵士的演員，後來搬到好萊塢發展，跟他抱怨說：美國的服務人員都以為他的頭銜表示他是「一位很有錢的爵爺，擁有兩萬畝的土地⋯⋯所以平常只要給兩毛五小費的地方，我就得給一塊⋯⋯代客泊車的小弟以前都只拿一塊錢，現在除非我給他五塊，否則他就露出鄙夷的神色，嘴裡喃喃自語地說：『小氣鬼。』」庫克（他放棄了英國國籍）後來也因為促進英美兩國之間相互了解的貢獻，受封為榮譽爵士。

　　英國所有的頭銜與世襲爵位都來自皇室。跟英國人相比，美國人對於皇室的負評似乎比較少，甚至還有一點著迷。有些憤世嫉俗的人就說，至少有一部分原因是因為美國人不像英國人一樣，必須繳稅來維持皇室的門面。在英國，反對皇室的人（有時候又稱之為共和主義者，這個名詞讓人有點迷惑）希望徹底廢除皇室的制度，而女王頒發的勳章正具體而微地代表了他們所鄙視的貴族體制；除了故作清高之外，過去也有很多非共和主義者以其他理由拒絕接受皇室的授勳，有些是為了表示抗議，有些則純粹只是不希望惹人注目或是不想要這個頭銜，其中包括 C. S. 路易斯、大衛·哈克尼、奈潔拉·勞森、喜劇二人組法蘭琪與桑德斯、羅爾德·達爾、J. G. 巴拉德——他說授勳制度是個「荒謬可笑的謎」——等人。有人因為接受封爵而受到批評，這也是稀鬆平常之事，特別是在跟他的公眾形象

有所違逆的時候。二〇〇三年，滾石合唱團主唱米克·傑格受封為爵士時，季斯·李察斯還氣沖沖地批評這個爵位根本是「狗屁」，還說：「滾石不就只是這樣嗎？」（當然他說的不只這些，還有很多不適合出版的內容。）

不過話說回來，仍然有八成的英國民眾贊成保留皇室。誠如歐嘉·喀山在《大西洋月刊》（*The Atlantic*）的報導中所說的，皇室家族———出生就繼承了貴族頭銜———也很努力地在代表聯合王國。根據英國觀光機構的統計，皇室家族每年創造了將近五億英鎊的收入；而他們每年花費納稅人的金額，大約在白金漢宮自行估計的三千三百三十萬鎊（平均每人負擔五十三便士）與共和主義者估計的兩億英鎊之間。無論怎麼看，皇室都是一門划算的生意。相較於現代社會的大多數人，他們更有資格說是在「服勤中」：放棄了正常的生活與個人隱私，多半時間都在參加官方活動，而且隨時隨地都要以光鮮無瑕的形象出現在社會大眾面前，還得毫無怨言。不是每一個人都能承受這種程度的檢視，遠超過我們大多數人願意容忍的範圍。即便如此，像那些拒絕女王封爵或是頒贈勳章的人，他們也一定知道有很多其他人非常樂於取而代之。

至於我先生那邊的遠房親戚比爾·卡登———他在 BBC 的娛樂節目部門任職主管多年，並且在慈善組織居里夫人癌症關懷協會（Marie Curie Cancer Care）擔任副主席，因此受封為

爵士──幾年前，他過世時的追思禮拜，把田野中的聖馬丁教堂（St. Martin-in-the-Fields）擠得座無虛席；但是卻沒有人注意到──我相信如此──只有我跟我的美國婆婆戴著帽子。我們都以為（是難為情？還是感動涕零？）那樣才符合傳統。不過，我們仍然覺得與有榮焉，能夠跟比爾爵士的家人、朋友和仰慕者比鄰而坐：他們有些人封了爵，有些人滿九十歲，其他的人則絕對不會超過七十五歲。

Yankee
洋基佬

從這個字，我們探究一個具有爭議性的綽號是怎麼來的
結果意外發現這個字跟吃的「派」竟然有關係

　　在英國人眼中，所有的美國人都是洋基佬，而根據說話之人的口吻及其上下文，美國人通常可以聽得出來對方在使用這個詞彙的時候是否有惡意。「洋基佬」（Yankee）是個包袱沉重的字眼──究其原因，錯綜複雜。在美國境內，這個字有嚴格的定義。只有住在康乃狄克州、緬因州、新罕布夏州、佛蒙特州、麻州和羅德島州的新英格蘭區居民，才比較可能被視為或是自稱「洋基佬」；而且你愈接近洋基佬本人，這個字的定義就愈狹隘。美國作家E. B.懷特解釋得很好：

　　對外國人來說，洋基佬指的是美國人。
　　對美國人來說，洋基佬指的是北方人。
　　對北方人來說，洋基佬指的是新英格蘭人。

對新英格蘭人來說，洋基佬指的是佛蒙特人。

可是對佛蒙特人來說，洋基佬指的是吃派當早餐的人。

當然，懷特指的是美國傳統那種有雙層派皮的水果派（你可能很難找到一個不吃派當早餐的美國人——尤其在剛過完感恩節的第二天）；在英國，水果派通常只有一層派皮，如果你看到有雙層派皮的糕餅，多半是鹹派，裡面包了豬肉或其他的肉類。雖然在外人看來，早餐吃派這句話可能是開玩笑，不過佛蒙特人對吃派卻是再認真不過了。佛蒙特州議會在一九九九年會期通過的第十五個法案，就把吃派的重要性——還有該如何做派的標準——提升到法律的層次：

在佛蒙特州請人吃派時，一定要「真心誠意」地符合以下的一個或一個以上的條件：
　(a) 要搭配一杯冰牛奶；
　(b) 要搭配一片至少有二分之一盎斯重的切達起司；
　(c) 要搭配一大勺的香草冰淇淋。

美國人對於怎麼樣吃派才正確或是不正確，或許有一點教條主義的吹毛求疵，同樣的，他們對於誰才是——或者不是——真的洋基佬，也非常講究。語言學家馬克‧利伯曼在他的

部落格「語言日誌」（Language Log）中提到，他小時候住在康乃狄克州東部的鄉下地方，「大家都知道只有我們村子裡的某些人才叫做『洋基佬』……後來我才知道，這些人的祖先是十七世紀末期就遷徙來這裡定居的英國人，可是當我到了六歲左右的時候，提到『洋基佬』，我就會聯想到一些特質，包括：養些農場的牲口當作副業、設陷阱捕野獸來賺外快、會折掉舊襪子來鉤毯子、會開槍射擊院子裡的害蟲……雖然我也跟朋友和鄰居一起參與了這些活動，但是以在地人的眼光看來，我們家就絕對不是洋基家庭，因此當我發現某些德州人或是維吉尼亞州人認為我是洋基佬的時候，還不免嚇一大跳呢。」

美國的歷史容或不如英國那麼悠久，但是對於誰的祖先「先」到（當然，除了印地安原住民之外），還是有很多人有大小眼。最早到美國定居的移民後裔自然有權宣稱他們的祖先是搭乘「五月花號」（Mayflower）從英國來的，這群人被視為是血統最純正的洋基佬；在一個沒有貴族的國家裡，這已經是最接近貴族的階級了。這也說明了為什麼有很多人不辭辛苦地追溯他們的家譜，希望一路追到一六二〇年搭乘「五月花號」在麻州樸利茅斯港下船的乘客──不過，船上大約只有四分之一的人活到了可以生兒育女的年紀。簡單看了一下「五月花號協會」（Mayflower Society）的入會申請資格，就足以讓為數約莫兩、三千萬的後代子孫望之卻步；不過，這個協會仍

然有大約兩萬七千名會員。然而，洋基佬並不是一直都受到景仰，即使現在也未必。對於「洋基佬」一詞的起源，專家的說法不一，但是有一件事情卻是大家都一致肯定的：那就是誰才有資格做洋基佬，還有這個人會不會受到訕笑，永遠都跟你問的是什麼人有關。

在美國大革命之前，「洋基佬」是一個貶抑侮辱的詞彙。當時的英國士兵對殖民地的士兵除了輕蔑之外，沒有別的看法；在他們的眼中，美國軍隊無非只是業餘的烏合之眾。現今所有美國小孩都耳熟能詳的那首〈洋基歌〉（Yankee Doodle Dandy），最早是英國兵唱來取笑他們對手的：「洋基傻小子跑進城，騎著小馬，帽子裡插根羽毛，就說自己是通心粉。」「Doodle」一詞是傻瓜或笨蛋的同義詞；而「通心粉」（macaroni）則是當時在英國對於紈褲子弟的稱呼。所以這首歌其實在形容鄉巴佬——缺乏格調又沒有手腕的土包子，是眾人取笑的對象。然而，對美國人來說，在缺乏經驗或設備的情況下奮力向前，力爭上游，正是值得驕傲之處。（請參閱第199頁的「Scrappy」一節。）

羅伯・韓德瑞克森在《洋基漫談：新英格蘭詞彙大全》（*Yankee Talks: A Dictionary of New England Expressions*）一書中，描述美國開始使用「洋基佬」一詞的情況：

直到列克星頓戰役（Battle of Lexington）——也就是一七七五年美國大革命的第一場戰役——爆發之後，新英格蘭人才開始用「洋基佬」的暱稱來自稱，使其成為受到尊崇的詞彙。不久之後，就開始了替這個字抬高身價的過程，於是發明了洋柯族印地安人（Yankos Indians）的故事。根據這個故事的描述，據說在麻州的這個神祕的印地安族被一群英勇的新英格蘭人擊敗，而吃了敗仗的洋柯族印地安人非常崇拜他們對手的勇氣，於是尊稱他們為「洋柯」，表示所向無敵的意思。這個詞彙很快地就轉變成「洋基」。

另外一種理論則說這個字源自於奇拉基（Cherokee）印地安族的土語「eankke」，表示「怯懦」的意思。還真是難為情哪！不過，韓德瑞克森說的軼事卻顯示了美國人想要從敵人那邊取得名字，並據為己有，會無所不用其極到什麼樣的地步；當然，他們最後打贏了，也不無幫助。〈洋基歌〉很快就變成了勝利的進行曲，並且成為這個國家的第一首國歌；直到今天，這首歌仍然是康乃狄克州的州歌。美國人這種勇敢奮發的精神，還一度被稱之為「洋基主義」（Yankee-doodle-dandeeism），甚至給美國取了一個「洋基國」（Yankeedoodledom）的暱稱。

可是事情還沒結束呢。即使在美國境內，「洋基佬」仍然

可能是輕辱之詞。在內戰期間，南方聯盟用這個字來稱呼北方的聯邦軍隊以及在衝突中跟他們對立的北方人；據說在南方，「洋基佬」分為三類：出生在北方，現在仍然住在北方的人，叫做洋基佬；如果他們跑到南方來玩的，就叫做該死的洋基佬；如果長期住在南方，就叫做天殺又該死的洋基佬。他們可能只是開開玩笑，但是玩笑話裡往往暗藏著讓外國人聞之心驚膽跳的尖銳。儘管南北衝突早就已經結束，但是彼此仇視的情緒猶存。在這個年代，美國文化中的分裂，比較可能以政治詞彙來形容──紅色州（共和黨）與藍色州（民主黨）；很快地瞄一眼地圖，就可以證實大部分的洋基州都是藍的，而南方州則大多是紅的。

可是不論他們的政治傾向如何，美國人都有一個共通之處，就是堅守並忠於旗幟的愛國主義。所有的美國人從小在唸書時每天都要對著國旗宣誓效忠；在我那所小學，宣誓儀式是由校長拿著一個廉價的擴音器來主持，因此他說所有的每一個字，除了關於上帝的那個部分之外，全都糊在一起：「我謹宣誓效忠美利堅合眾國國旗〔清晰的呼吸聲〕以及效忠其所代表之共和國，一個國家〔呼吸聲〕**上帝**之下，**未可分裂之國度！**自由平等全民同享。」每間教室都有一面自己的國旗，掛在教室前面──美國的每一幢公共建築物都是如此。

美國人熱愛國旗的傾向，讓英國人百思不解，因為他們通

常不會特別認同民族主義。他們沒有相當於宣誓效忠的儀式，不過卻跟美國人一樣，會在正式的活動中高唱國歌——〈天佑女王〉（God Save the Queen）。英格蘭也有文化上的南北分裂，只不過在美國，北方的洋基佬被視而政治菁英，而在英國，文化與政治上的菁英通常都在南部。英格蘭北部的人口比南部少，也不如南部富裕，因為南部是政治權力的中心所在，也替整個國家制定政策。這種情況可能會導致怨忿不平的情緒，尤其是當民眾發現南部的政治人物跟北部的現實脫節的時候。瞧不起北方口音與城市的高傲態度依然存在，因為南方口音與城市被視為「比較高貴」。在歷史上，北方一直是這個國家的工業重鎮——以英國最流行的讚頌詩〈耶路撒冷〉（Jerusalem）中那句「惡魔般黑色的工廠」的歌詞最具有代表性。（看過《火戰車》〔Chariots of Fire〕這部電影的美國人可能還會記得這首歌。）相形之下，南方似乎無可避免地會顯得享盡所有特權，只不過在這個國家的其他地方，並沒有一個像「洋基佬」這樣的字來概括形容。

對不同的人來說，「洋基佬」一詞可能代表不同的意義，可是你若是請美國人描述洋基佬，得到的答案可能介於山姆大叔的漫畫和以下這些格言所描繪的朝聖者精神之間：

「世界是你的乳牛，可是你也得自己擠奶才行。」

「省下一分一秒，積少成多，就能省下一個鐘頭。」

「在新英格蘭，我們有九個月的冬天，另外三個月則用來修雪橇。」

傳統上，用來形容真正洋基佬的特質——包括機靈、勤奮、節儉（不只省錢，也連話也省了）、個人主義、現實、足智多謀、冷面笑匠、堅忍——多半也是用來形容英國人的特質。可惜的是，這些古老的優良價值觀如今不論走到哪裡都很匱乏。的確，具體實踐這些特質或是以自稱洋基佬為榮的美國人或許跟老英格蘭相似的程度遠比跟美國其他地方要高，然而我卻認為：今天的英格蘭，在文化上，跟美國其他地方的共通之處比跟老英格蘭還要多。或許此言爭議性太高，但是即使最易怒的洋基佬也可能會認同法蘭西絲·特洛勒普的話——她對於什麼才叫做洋基佬有她自己另外一個獨到的看法：

洋基佬：在敏銳、謹慎、勤奮和堅韌方面，他很像蘇格蘭人。在節儉、整潔的習慣上，則像荷蘭人……但是在坦然承認並且超級欣賞自己怪癖這方面，洋基佬就不像世界上的任何人，單單只像他自己了。

Skint
身無分文／窮光蛋

這個字讓我們看到

談錢的禁忌

因為近幾年來的經濟衰退而逐漸消失

    不管是美國人或英國人，都不喜歡談錢。在大西洋兩岸，大部分的人，不論貧富，都寧可談論他們的性生活，也不願意討論皮夾裡的內容——雖然是老生常談，卻不失為真。這兩個社會都認為金錢等同於權力、地位、名望、尊崇和自我價值；因此當我們錢不夠用時，還是很難說出那個字：破產（broke）和身無分文（skint）。「Skint」一詞源自「剝皮」（skinned），表示被剝光了一層皮，全都暴露在外。這個字聽起來很尖銳，彷彿戳進了內心深處，因此儘管在意義上與「破產」相去不遠，但是聽起來卻更刺耳。

    美國人和英國人從小受到教育就是認為談錢很不禮貌，可是他們對於談錢的禁忌雖然相近，其根源卻是截然不同。在英

國，談錢的禁忌源自社會階級制度。對上層階級來說，他們的財富來自繼承的財產，如果必須「從商」或是靠工作賺錢的話，就是一種恥辱，因為一個人（在理想的狀態下）應該已經擁有所有的金錢，如若不然，不管他多麼富有，都不會被視為仕紳階級。今天這話在我們聽來，或許有些荒誕，然而卻是大部分的英國人──不管是什麼階級──到現在仍然認為談錢或是對錢表現出太高的興趣，都是很粗俗的一個原因。每一個人都很有禮貌的假設所有的人都有剛好夠用的錢──若非如此，不但可能會出現意見分歧，更可能會讓人覺得不夠謙虛、太武斷、擾人，甚至難堪。

專門研究本國人的英國人類學家凱特・福克斯就此批評他們說：「顯然，英國人對於金錢的神經質，絕大部分都只是純粹的虛偽而已。跟任何其他國家的人相比，英國人也是同樣的天生就野心勃勃、見錢眼開、自私或貪婪──只不過我們有更多、更嚴格的規則，要求我們掩藏、否認和壓抑這樣的傾向……我們表現出來的謙虛，通常都是假象；我們刻意表現出不願意強調地位高下之分，其實正是掩飾對於這種差異的深刻認知。」

這已經不是什麼新鮮事了。早在十九世紀初，珍・奧斯汀就已經淋漓盡致地嘲諷過這樣的虛偽；在她的小說中，你很輕易就會發現誰「一年只賺五百鎊」，誰又降了一級，從兩匹馬

拉的四輪大型馬車換成了一匹馬拉的兩輪輕型馬車；金錢上的不平等，大家都覺得是理所當然，也認為錢很重要──尤其是在談論婚姻的時候──只不過公然表現出這種野心的角色，最後都很少會贏得這場遊戲。奧斯汀本人就小心翼翼地記錄自己寫作賺了多少錢，而且終生雲英未嫁。有趣的是，她書中的主人翁，後來最美好的浪漫結局就是結婚，而且是為了愛情結婚，只是她們結婚的對象剛好都很有錢，像艾瑪‧伍德豪斯嫁給了喬治‧奈特利；伊莉莎白‧班尼特擄獲了達西先生。伊莉莎白在跟她母親說的時候，最擔心的事情就是班尼特太太會高興過了頭，讓她難堪，而這樣的擔心倒也不是沒有來由，因為班尼特太太大喊大叫道：

> 「喔，莉莎，我的心肝寶貝！妳會變得多麼有錢，多麼富貴啊！妳會有多少零用金、多少珠寶、多少馬車！……還有鎮上的房子！什麼迷人的東西都有！」這就足以證明她的認可無庸置疑；伊莉莎白心裡暗喜，還好這樣得意忘形只有她自己聽到，隨即離開。可是她才回到自己的房間不到三分鐘，她母親又跟上來了。
>
> 「我的心肝寶貝啊，」她喊道，「我再也無法去想其他的事情了！一年一萬鎊，而且還可能更多！簡直跟爵爺一樣好了！」

這句話不是好兆頭，看來她母親要在那位先生面前出醜了；伊莉莎白心想，雖然她已經確定擄獲了他的熱情，也得到家人的同意，還是希望不要節外生枝才好。

　　在美國，從商就不曾遭到如此的污名化，甚至還有一種不容質疑的基本信仰，認為「每個人都在賣東西！」不管從事什麼樣的工作，美國人都希望「永遠都能成交」；至於白手起家，更被視為一種榮耀，比繼承家族財產還要更好。那些有錢人甚至還擔心他們的小孩不能在世界上走出自己的路，所以就用其他的方式灌輸他們這樣的性格。（有一整個產業就是以此為基礎——有錢人家的小孩送到划船夏令營，學習自力更生；或是參加拓展訓練，將他們丟到荒郊野外，自謀生路；有些甚至不支薪，到時尚雜誌《Vogue》實習。）美國人的競爭心強，所以你或許會以為金錢也是一個可以輕易提及的話題，然而事情卻不是這樣簡單；事實上，要開口討論一個你相信會反映出自我價值的話題，並不是一件容易的事。美國社會的社會安全網不像英國那麼完善，因為任何一種形式的社會主義（比方說，公費醫療制度或是社會福利），都會有某些人將其與共產主義畫上等號，以仇視的眼光看待。美國人那種追求自給自足的生活態度，最大的問題就是對那些生活在貧困中的人缺乏同情心——大約是全國人口的百分之十五，而且大部分都不是

因為他們自己做錯了什麼才陷入貧困。因此，只要我們不談到錢，就可以假裝這樣的不平等不成問題；有錢人希望可以心安理得地享受他們的財富，而窮人則不希望自己因為運氣不好而讓人瞧不起。「機會均等」是個很好的理想，但是並不能真的反映出當前美國——或是英國——的現實情況。

　　雖然英美兩國各自有一套衡量貧窮的標準，但是在英國，落在貧窮線以下的人口比例稍微多了一些——大約是總人口的百分之二十。在英國第四頻道播出的紀綠片「社福街」（Benefit Street），就是討論伯明罕的詹姆斯・透納街上長期失業必須仰賴社福補助的情況，有高達九成的居民領救濟金過日子；節目播出之後，引起極大的爭議，因為節目中以一種紆尊降貴的態度談論節目裡的主角，他們也抱怨說他們受到誤導，誤解了節目的主旨。其他人則比較成功地戴了同情的面具來面對這個問題。二〇一一年，潔克・孟羅透過她的部落格「一個叫做潔克的女孩」（A Girl Called Jack），登出一篇名為「飢餓傷人」（"Hunger Hurts"）的文章，形容她如何用一個星期只有十英鎊的收入來養活自己和她還在學步中的兒子：「貧窮不只是沒有暖氣，或是沒有足夠的東西可以吃，或是得拔掉冰箱的插頭、關掉熱水。就是⋯⋯不酷，不是每年坐領六萬五千英鎊還外加津貼的國會議員能夠理解的事，更別說是那個夸夸而談，說什麼我們要一起面對這個問題的首相了。貧窮是一種

向下沉淪的感覺；當妳的孩子吃掉了最後一塊麥片餅，還跟妳說：『媽咪，我還要，要麵包夾果醬，拜託妳，媽咪』的時候，妳心裡只能想著要先拿電視機或是吉他去當鋪典當，又要如何跟他解釋說我們沒有麵包，也沒有果醬。」後來，孟羅成了《衛報》的食物專欄作家，還出版了一本廉價食譜書；在這個國家，市面上暢銷的食譜似乎都只會教你要加幾茶匙昂貴的異國食材，因此對於家政經濟有切膚之痛的孟羅，成了備受歡迎的聲音。

在經濟衰退之後，英美兩國人對於談論金錢的禁忌也有一些鬆綁的跡象；如何節約省錢，也成了可以談論的話題。不過仍然有些事情，是他們無論如何都不願意討論的：薪水就是其中之一。即使在銀行工作的人，成天都在討論別人的錢，但是彼此之間仍然禁止討論個人的薪資。（管理階層也鼓勵這樣的禁忌，因為員工若是不知道彼此之間的待遇有高下之別，他們就會是既得利益者。）房價原本被視為可以談論的話題，但是隨著房貸危機，情況也有所改觀；過去，抱怨自己的房貸負擔有多重，其實潛台詞是在吹噓自己是多麼的富有，因為你能夠在銀行借貸的金額被視為個人價值的指標。現在，再也不是如此了。金錢或許不是每個人都愛談論的話題，但是也漸漸開始出現了迫切感。現在的人比較願意談論自己身無分文或是破產，或許是因為他們發現自己「德不孤，必有鄰」；如果有很

多朋友或同事也都經歷了相同的難題，那麼就沒有什麼好難為情的了。因為非屬個人過失或錯誤而損失了一些錢，讓很多人逐漸意識到窮人並不是懶惰或是不夠努力，也比較願意重新檢視自己對貧窮的態度。

英國的社會福利遭到刪減，意味著英國——跟美國一樣——也開始發展在地的食物銀行網路。雖然有許多人認為政府讓他們失望了，不過大家對於能夠幫助自己的鄰居，仍然感到很驕傲。英國的社會福利國家體制已經不如往昔了。二〇一三年，首相大衛・卡麥隆在倫敦的顧爾德廳（Guildhall）舉辦的市長爵士晚宴上發表年度演說時表示，唯有一個較小的政府和一個「較大且更蓬勃發展的私人企業」，才能促進經濟復甦。

他呼籲「我們國家要有文化上的基本變革」，鼓吹「典型的英國創業冒險精神……讓那些有企圖心想要創造東西、銷售東西，在全國上下創造就業機會的人能夠得到應有的回報……我們要做得更少，才能做得更多。不只是現在，而是永遠如此。」他身穿燕尾服和白色領結，面對著一整房間裡都穿著類似服裝的仕紳淑女，發表這篇演說；這些人聽到一篇聽似勸誡他們去從商的演說，乍聽之下，可能會有點不知所措。所幸，他說的不是他們。

Crimbo
剩蛋節

從這個字，我們跟著兩岸共同的朋友查爾斯‧狄更斯
一起探究耶誕節屬於異教的那一面

　　英美兩國人都會抱怨說，耶誕節的商業炒作一年比一年更
早，不過美國人哪裡知道啊！少了萬聖節和感恩節做緩衝，英
國可是從夏末大拍賣結束之後，就一路朝著耶穌生日的商業炒
作與狂歡作樂直撲而來。雜貨店從八月就開始販售百果餡餅和
耶誕布丁；百貨公司也從九月就開始擺出耶誕節的季節商品；
街頭上更是從十月就可以聽到耶誕節的讚美詩歌。原來，這就
是耶誕節，因此到了十二月，英國人早就覺得疲乏了。誰能怪
他們呢？

　　儘管虔誠的美國人一再提醒我們「過節的理由」，但是這
個理由在大西洋的兩岸都已經不是節目的重點了。美國人對於
耶誕節的縮寫正說明了一切：把耶穌打個大叉，直接畫掉，成
了「Xmas」。這個習慣還沒有傳到英國。英國向來以發明綽號

和暱稱聞名，相形之下，讓美國人的縮寫顯得有些古怪；但是如果沒有明顯的上下文，這些暱稱往往讓人如入五里霧中，不知道在說些什麼。在這個國家，披頭四的保羅・麥卡尼（Paul McCartney）可以暱稱為「麥卡」（Macca），而查爾斯王子（Prince Charles）則變成「查子」（Chazza）；那你能想像耶穌變成什麼嗎？不能。英國人替耶誕節發明的愚蠢暱稱叫做「剩蛋節」（Crimbo）——聽起來像是某種反社會行動，可能讓你在最高度警戒的「gaol」裡住個十到十五年。（順帶一提，「gaol」的發音為「jail」——也就是監獄、牢房、去吃免錢飯意思。）跟「Xmas」相比，「Crimbo」一詞還要更不敬，也沒有那麼普及，但是這個字比較容易發音，而且唸出來的時候，聽起來有點粗鄙。

沒有人會打電話給奶奶，問她過「Crimbo」的時候要做什麼；但是在朋友圈內或是在辦公室裡，尤其是講到耶誕節最粗俗的那一面時——如購物、宴會、喝酒或是艷遇——那就一路「Crimbo」講到底了。以漫畫諷刺名人的搞笑電視節目「*Bo' Selceta!*」裡的諧星雷伊・法蘭西斯曾經以〈真正的剩蛋節〉（Proper Crimbo）一曲榮登暢銷排行榜第三名，這首歌就充分說明了「Crimbo」是什麼：「擺出你的耶誕樹〔真正的剩蛋節〕／興奮得要漏尿〔真正的剩蛋節〕……來坐在我的大腿上／我給你們準備了禮物，那你們要給我什麼？」嗯，沒錯，

嗬、嗬、嗬。

　　一個像「Crimbo」這樣的縮寫詞彙，正符合英國人的強烈需求，表示他們並沒有那麼在乎。他們遠遠不及美國人那麼樂意表達自己的意圖——我沒有諷刺的意味喲——想要好好狂歡一下，或者給自己壓力要去狂歡。再說，如果你每年的最後四個月，都得飽受耶誕聖歌的疲勞轟炸，又會做何感想？夠了，真的夠了！想要把耶誕節「搞大」的意圖，最後卻大失所望的結果，往往都會並存，因此何不降低期望，然後保留會有意外驚喜的可能性呢？結果，很多人都說他們的節日過得比預期的要愉快的多，至少——就像我的一位朋友妙語所言——如果他們隔天還記得起來的話。

　　耶誕節這個巨大的機器已經上好了油，蓄勢待發，但是有些人可能會非常詫異地發現：原來這個過節的傳統——還有隨之而來的，要讓這個節日成為一年裡最好的一段時光的焦慮——其實是相當晚近的發明，至少對一個已經有兩百四十多年歷史的國家來說。在英國，有一個人對於慶祝耶誕節的方式有特別深遠的影響，遠勝過其他人：查爾斯·狄更斯；有些人甚至還誇張地說，耶誕節是他發明的。不過，狄更斯本人倒是大方地承認，他對這個主題的處理方式，有一部分其實是受到美國作家華盛頓·爾文的啟發；他在一八二〇年出版的《見聞雜記》（*The Sketch Book*）中，對英國鄉間慶祝耶誕節的方

式有豐富詳盡的描述，比狄更斯的《小氣財神》（*A Christmas Carol*）要早了二十年。

狄更斯的小說神化了一種世俗、奢華的理想，至今仍然持續影響大部分的耶誕節形象與商業廣告：一家人團團圍著火雞和其他配菜的盛宴、讚揚所有善良慷慨的行為、贈予禮物，還有這個假期本身可能產生變化的本質。如果鮑伯・克瑞奇都可以過個「真正的剩蛋節」，為什麼我們不能呢？就連小氣財主艾本尼澤・史古基最後也發揮了過節的精神，「大家總是這樣說他，說他知道如何過好耶誕節，如果有任何活著的人也知道的話，但願說的真的就是我們，我們所有的人。」（不強迫，不要有壓力！）話雖如此，我們還是要記得：儘管《小氣財神》最後有個皆大歡喜的結局，但是不要忘了那仍舊是一個鬼故事。英國人總是以美國人意想不到的方式，擁抱耶誕節的黑暗面；不過他們也知道該如何一笑置之。

也正是因為這個原因，如果不解釋一下「童話鬧劇」（Panto），那麼討論「Crimbo」的這一節就不算完整了。「童話鬧劇」就是啞劇（Pantomime）的縮寫；英國散文家麥克斯・畢爾伯姆曾經形容說是「特別適合英國天才的藝術形式」。從中世紀開始，啞劇就已經以各種不同的形式出現；目前的這種形式——如果自命不凡一點——可以說是結合了英國音樂廳與義大利即興喜劇的傳統。不過，我們很難用三言兩語

就說清楚「童話鬧劇」到底是什麼以及它對英國人的意義。倫敦《*Time Out*》雜誌的劇院編輯安德查茲‧陸考斯基曾經說過：「老實說，『童話鬧劇』真的很詭異……我始終無法跟還不知道的人解釋清楚這到底是什麼。」

　　所有的「童話鬧劇」都有一個特定的傳統。故事情節一定是童話或是大家耳熟能詳的故事——像是《仙履奇緣》、《阿拉丁神燈》、《小飛俠》、《靴貓》以及《傑克與魔豆》等，都是歷久不衰的劇目。劇中有些原型角色，例如啞婦——通常由年紀較長的男演員反串、男主角——通常由穿著緊身褲的女演員擔綱、不太重要的神仙教母，還有一位扮演壞人的丑角。觀眾會期望看到盛大的音樂曲目、小孩子聽不懂的雙關語和反諷、低俗胡鬧的劇情，還有最重要的——群眾參與。「童話鬧劇」的標準作法，就是拆掉劇場的第四面牆；觀眾（通常是小孩子）會被請上舞台，多半請他們解決什麼問題，或是尋找失蹤的什麼東西或什麼人；而留在座位上的觀眾則一起高聲喊叫，幫忙台上的人。最常聽到的話是：**「他就在你後面！」** 然後演員會高聲回應：**「喔，沒有啊！他沒有在我後面啊！」** 然後觀眾再大聲喊道：**「有啦，有啦，他就在你後面！」** 現場會變得極度喧鬧，不過都在合理的範圍內，每個人都知道也予以尊重。對於不諳此道的人來說，「童話鬧劇」看似一個全國性的笑話哏——蠢的不得了，不過卻也是一件正經事，照亮了一

年最黑暗的季節。

　　知名演員、作家和劇院，如果有機會參與這種季節性的瘋狂行動，都會雀躍不已。我生平看的第一齣「童話鬧劇」，就是在倫敦備受尊崇的老維多利亞劇院（Old Vic），演出劇目是史蒂芬・佛萊改編的《仙履奇緣》。在前一年的劇中，伊恩・麥克連爵士飾演《阿拉丁神燈》裡的啞婦「端奇寡婦」，讓《衛報》的劇評家麥克・畢林頓看得樂在其中，還宣稱：「至少我們可以跟孫子說，我們看過伊恩・麥克連演的端奇寡婦，這可是大事一樁。」啞劇可以吸引各個年齡層的觀眾，包括常上劇院看戲或是一年只看一場的觀眾，其商業價值可不小 。在耶誕假期，儘管有各類宴會和娛興節目的競爭，一齣好的啞劇卻往往能連演六到八週。如果你打算去看生平第一齣啞劇的話，得有心理準備：可能有一半的笑話讓你笑到聲音沙啞，但是另外一半卻得有人解釋才聽得懂。

　　在美國，幾乎沒有人知道啞劇；這並不表示美國明星就不參與盛事──不過真的參加演出的人，通常只是想借助他們帶來的新鮮感而已。近幾年來，「海灘遊俠」大衛・霍索赫夫和饒舌歌手香草冰（Vanilla Ice）都曾經在英國的地方劇院演出過虎克船長──分別在布里斯托和查特罕。就在我寫這篇文章的時候，亨利・溫克爾──沒錯，就是電視劇「歡樂時光」（*Happy Days*）裡的那個方茲本人──正在利物浦演出虎克船

長。電視劇「朝代」（Dynasty）裡的艾瑪・森姆絲和潘蜜拉・安德森也都曾經勇敢嘗試扮演善良的仙女和阿拉丁的精靈，不過安德森坦言，當她同意到利物浦演出啞劇時，她以為是「在箱子裡出聲音，結果完全不是這麼一回事，不過我已經答應要來了」。講到這裡，或許我應該用《小氣財神》裡那個約伯・馬利的鬼魂所說的那個不祥預言來結束「Crimbo」這一節，他提醒我們「再多的懊悔也無法彌補一個人在生命中失去的機會。」──誰曰不宜呢？

Tips
小費

這個字

代表著連反對者都捍衛的慷慨與體恤

　　在英式英語裡，「tip」這個字有好幾個意思；不過跟美式英語一樣，這個字可以指在接受服務時所給的小費，但是也有垃圾掩埋場的意思。這兩種意義看似南轅北轍，不過卻也若合符節，因為——說起來好笑——大部分的英國人都認為美國人給小費的習慣根本是可以送進垃圾堆的胡說八道。到美國觀光的英國遊客最常抱怨的一件事，就是替他們服務的每一個人似乎都會伸手要小費。BBC記者凱文・康諾利就很巧妙地捕捉到這種普遍的情緒，他投訴道：「你在美國進行的每一項交易似乎都是一個可能造成尷尬場面的社交陷阱。」有篇措詞極度嚴厲的批評，出自《每日郵報》旅遊作家麥克斯・伍德里吉的手筆：

我始終都覺得很詫異，為什麼在美國的每一個人都盲目地接受給小費的生活方式。我們曾經容許跨越大西洋的奴隸交易多年，然而這並不表示這樣的行為就是對的。世界上都普遍接受不同的信仰，但是你可以自由選擇要不要信奉⋯⋯可是講到了小費——至少在美國如此——無論你同不同意，都被迫要參加；更糟糕的是，如果你出言抱怨，即使只是一下下，就會立刻被貼上吝嗇鬼或寒酸的標籤。

　　由於英國人對於美國人的小費文化有諸多謾罵批評，你可能會認為兩地之間給小費的習慣會有很大的差異，其實不然。講到小費，美國人通常比英國人要慷慨一些；美國人多半會給到消費金額的百分之二十，然而在英國的標準卻是百分之十到十五之間。那些看似不成比例的焦慮，其實來自對小費文化的不了解——要給誰？什麼時候給？為什麼要給？

　　旅遊網站和報紙都充斥著各式警告的文章，告誡讀者要注意在美國「可怕到惡名昭彰的」（《每日電訊報》的用辭）小費文化。我們也經常聽到類似的故事，說美國服務生追著英國遊客衝出餐廳，怒氣沖沖地說他們拿到的小費只有預期的一半。有個英國人跟BBC說，他乾脆完全放棄給小費的行為，反而留一張事先印好的感謝卡給服務人員。（如果他在紐約這

樣做的話，可能會被裝在屍袋裡扛出餐廳。）他的作法並非常態——大部分的英國遊客仍然入境隨俗，遵循美國人的習慣，不過還是有很多人會在事後上網抱怨，說這種習俗太瘋狂了。

他們的不滿通常都圍繞在大多數拿小費的工作人員——其實就是餐廳裡的服務生——在美國的薪資不足以讓他們維生。在某些州，雇主甚至可以合法地支付員工二點一三美元的時薪，只是因為知道他們拿到的小費可以彌補不足的差額。許多英國遊客指出，這麼富有的國家竟然如此虧待國內勞工，簡直是丟臉丟到了家，還說不應該由他們這些消費者來承受美國最低工資太低的負擔——更別提現金小費會助長餐廳和員工逃稅等等。這種論點倒也不無道理。可是有關勞工法律的許多夸夸之談，儘管陳義甚高，但是最後仍然不敵現實的考量：英國人覺得美國式的小費文化很尷尬，但是又擔心如果不付小費的話，會被視為小氣鬼；特別是碰到酒館裡的酒保，小費更是付得心不甘情不願。英國的酒保不會期望客人給小費，但是很樂於接受熟客買杯酒請他們；這些熟客會在付錢時加上一句：「倒一杯給你自己唄！」藉以表示這樣的意圖。難怪英國人發現在美國酒館喝酒時，酒保期望每賣出一杯酒就能拿到一、兩塊美元的小費時，會如此大驚失色了。他們為什麼要多付錢請人家來完成最基本的工作要求呢？

在英國，所有年滿二十一歲的工作人員，不管有沒有小

費，都能拿到每小時六點三一英鎊的最低工資（相當於九點五美元）。自從一九四三年的「餐飲業工資法」（Catering Wages Act）施行以來，服務業的員工就可以獲得基本保障的薪資，大大降低他們對小費的依賴。近幾年，大部分的餐廳都採用歐陸國家直接加計標準服務費的作法，藉以取代小費，並且會在帳單上印著「已加計服務費」的字樣，讓消費者知道。在英國，已經有一、兩個世代的人是跟著這樣的模式長大的，這也說明了為什麼美國的小費制度在他們的眼裡看起來似乎荒謬至極。倒不是因為他們小氣吝嗇，只是因為在英國付小費，不像在美國那麼普遍——也沒有那麼重要。英國人不習慣這種制度，付小費讓他們感到緊張不安。有些關於付小費的資訊，更是以一種諄諄教誨的口吻耳提面命，進一步放大了這樣的焦慮。比方說，「Tripadvisor」的網站就用這樣的文字來羞辱想要付小費的人：「在英國，你做按摩時付的金額是全包的，因此不必想方設法在身上藏錢以便付小費給按摩師！」在美國，付小費被視一種藝術，例如拿錢給寄放外套的服務人員時，絕對不要大剌剌地露出鈔票，而是在接過外套時，放在手上偷偷地遞過去；在英國，寄放外套的櫃台上就放了一個金屬碟子，那些選擇要付小費的人會刻意地丟一個一英鎊的銅板在碟子上，發出清脆的聲響，讓方圓五呎內的每一個人都知道他們的慷慨。

美國人對於他們付小費的習慣，有時候感到驕傲，有時候又不免覺得需要為此辯護。他們也不是對付小費的焦慮完全免疫，只不過從很早就被迫要經常面對這個問題，因此他們教育中有一個很關鍵的部分，就是要練就一身付小費的功夫（先從學好數學開始）。美國式的小費制度其實根植於一個很明確的心理。那些選擇慷慨付小費的人會這樣做，可能因為他們知道服務人員工作很辛苦但是薪水很少，或是他們對於服務者與接受服務者之間不平等的關係感到愧疚（或許他們本身也在服務業工作），或是他們希望表現出慷慨大方的形象；此外，他們對於那種讓人產生罪惡感的技倆也毫無招架能力。有一家我一度經常光顧的咖啡店就在小費罐旁放了一個標語，上面寫著：「因果循環，報應不爽。」然而，更重要的是，美國人喜歡認為他們的社會是個只要你努力工作就會有所回報的社會，而且喜歡這樣的回報是可以由他們自由裁量的。即使有很多人都一律給百分之二十的小費——不論服務品質好壞——他們還是喜歡這種自認為有所選擇，可以因個案差異，決定要給多少小費的感覺。

　　極少數已經放棄小費制度的美國餐廳還因此登上的國際新聞，雖然有些餐廳只是以歐洲式的服務費（大約百分之十八）取而代之。採用這種新制的餐廳業者表示，美國人通常還是會選擇付小費，或是說他們給的小費會比服務費更慷慨。他們不

喜歡那種自己對得到的服務品質完全沒有影響力的感覺——不論是真的有影響力，抑或只是一種錯覺。根據查格（Zagat）餐廳指南所做的調查顯示，百分之八十的美國人喜歡付小費，而不喜歡付固定的服務費。有個女生在《每日郵報》的旅遊部格落上發表高見，下了這樣的結論：

> 我在我們那家非常好的飯店／餐廳付了固定的服務費，但是覺得很不舒服。有些服務生的服務一流又有效率，有些卻連開車時都在打瞌睡；我覺得他們應該得到不同的補償。倒不是零跟百分之二十的差別，但是也許是百分之十到十二與百分之二十到二十五之間的差別……我跟經理講到此事時，他說他們的服務人員都均分所有的小費——非常社會主義的傾向，絕對不是美國員工所樂見的。美國的服務生比較有進取心；在這裡，不會覺得這是在剝削低薪勞工，反而是給他們機會，只要有心肯幹，就可以掙到更多的外快。

啊，資本主義：正是推動美國前進的進取心！有趣的是，事實證明我們付的小費並不會對我們得到的服務品質有太多的影響力，可是在美國，這仍然是顛仆不滅的信仰：多付一點小費——或是可能賺到小費的心理預期——就可以獲得更好的服

務。看到美國人如此虔誠堅信的態度,你若是知道原來支付小費的習慣非但不是從美國開始,他們甚至還一度想要立法禁止時,可能不免要嚇一大跳。

據稱,付小費是從十七世紀的英國開始的,而「tip」一詞指的是打賞酒館、客棧員工的現金。有些資料聲稱「T. I. P.」這三個字母原來代表「確保快速服務」(to insure promptitude)的意思,可是這個解釋太工整,八成是假的。付小費在歐洲貴族之間是約定成俗的習慣,《牛津英語辭典》對於「tip」一詞的定義,精準說明了給小費時的態度:「給低階人士的少量金錢禮物,特別是在接受或預期要接受其他人的僕人或員工所給予的服務時。」在內戰結束之後沒有多久,周遊世界又富有的美國人在歐洲看到了這樣的習俗,就迫不及待地引進國內;然而,在一個植基於平等概念的社會中,這樣的習俗並不受歡迎。威廉・魯菲斯・史考特就在《貪財》(*The Itching Palm*)一書中言簡意賅地抨擊小費制度:「小費及其所代表的貴族制度,正是我們要逃離歐洲的原因。」付小費是民主「在道德上的敵人」,因為「除非服務生也能是仕紳,否則民主就算失敗;如果有任何形式的服務被視為低賤的工作,那麼民主也算是失敗。」有些州還試圖立法完全禁絕小費,但是這些禁令後來都證實無法實行,於是在一九二六年,當小費制度站穩了腳跟之後,也就全數撤銷了。不過在某些地方還是有希望看到這

樣充滿爭議的習俗不會長久維持下去；史考特還更進一步地說：「如果付小費是如此不美國化的作法，那麼總有一天、總會有什麼方法，這個制度會像美國黑奴一樣連根拔除。」

此話聽來或許有些極端，但是有趣的是：在較高的最低工資與標準的服務收費都已成為常態的歐洲，餐廳服務生已經被視為一種專業，反倒在美國更像是過渡性質的工作。已經有很多證據可以證實，如果服務人員做一些小動作，諸如在帳單上寫個謝謝或是畫個笑臉、在餐桌旁邊蹲下替客人點菜、或是輕輕碰觸客人的肩膀等等——這些動作全都在強調他們的地位較低，還有他們的生計必須仰仗取悅別人到什麼樣的地步——都可以增加他們的收入。曾經在美式餐廳「蘋果蜂」（Applebee）擔任女服務生的雀兒喜‧威許在《衛報》上寫道：「我曾經在餐廳端盤子存錢，最後終於能夠去念大學，接受足夠的教育，讓我可以從事不需要強迫自己為了一點零用錢就出賣人格的工作。」倒也不是所有領小費的工作人員都對這個制度抱持如此負面悲觀的看法。對美國人來說，小費制度所賦予的個人主義，足以讓服務者與接受服務者都一樣可以靠著出色的服務或是慷慨的付出讓自己變得與眾不同，也因此克服這個制度可能危害民主的憂慮。事實上，這一百年來，美國人似乎已經認定了小費制度終於還是民主的。至於再過一百年後，他們是否還會這樣想，又有誰知道呢？但是在此同時，英國人應該不要再

杞人憂天，學著去喜歡付小費吧——至少當他們在美國觀光時，誰叫他們起了這個頭呢？

Tea

茶

這個字顯示

這種飲料——及環繞其周圍的種種儀式——

比表面上看起來的還要更濃烈

　　在二〇一三年的威尼斯雙年展中，英國館並沒有獲獎，但是光從萬人空巷的情況來說，就已經無人能出其右。藝術家傑若米‧德勒的展品「英倫魔幻」（*English Magic*）在豐富與挑釁之間達到了巧妙的平衡。現場有一幅壁畫，一頭獵鷹的利爪上抓著一輛Range Rover越野車，替這種瀕臨絕種的動物在紈褲子弟狩獵時所遭受的待遇報了一箭之仇；有落難士兵在獄中畫的畫，看了令人精神崩潰；還有一部影片則是數百人跟著金屬鼓樂團「Melodians」演奏大衛‧鮑伊的歌曲〈出賣世界的人〉（The Man Who Sold the World）的音樂節奏，在巨大的充氣式史前巨石陣跳上跳下。然而，真正讓各國觀眾趨之若鶩的，是英國館後面的一間茶室；所有的人都像循規蹈矩的英國

人一樣排成一列，耐心地等候輪到他們，跟「茶孃」說他們的茶要濃要淡、要不要加牛乳、要不要加糖。此等場景讓人聯想起二次大戰時期的口號：「茶，恢復了這個世界的生氣。」這一次，此言倒是不假；當我從茶孃手中接過那杯熱騰騰的茶時，突然有一種真正回到家的感覺。

那一天──還有在雙年展期間的每一天──讓國際觀眾聚在一起的茶，濃烈到幾乎具有腐蝕性，在英國被稱之為「建築工人茶」，因為這種濃烈、又不昂貴且通常甜到膩人的茶，正是建築工人在休息時可能會喝的飲料（儘管最近針對營造業所做的調查指出，有百分之四十四的建築工人說他們比較喜歡喝咖啡）。你在一般家庭裡最常看到的典型品牌有「PG Tips」、「台風」（Typhoon）和「泰特利」（Tetley）──「唐寧茶」（Twinings）也很盛行，不過一般認為比較高級一點。不常跟英國人在一起的人或許以為飲茶文化會非常的文雅講究，比方說要講究特調茶葉、瓷製茶具，還有先加牛奶或是後加牛奶的不同門派等等。喬治・歐威爾就曾經拿這種刻板印象大做文章，在一九四六年一月的《標準晚報》（*Evening Standard*）上寫了一篇〈來杯好茶〉（"A Nice Cup of Tea"）；他在文中宣稱：「如何泡茶才是最好的方法，已經成了激辯的主題。當我瀏覽自己食譜，研究要如何泡一杯完美的茶時，發現至少有十一個傑出的特點。」我確信像他這樣挑剔的人還不在少數，不

過社會上各行各業的大多數人似乎只要有最基本的茶就心滿意足了。「建築工人製茶公司」（Make Mine a Builders）的一個廣告就說：「這個國家不是建立在甘菊茶的基礎上的。」

英國人早上起床、回到家裡、聽到什麼好消息或壞消息，或是迎接賓客時，做的第一件事情就是燒開水。每一個英國家庭和辦公室裡都有一把電水壺，可以很快地煮沸開水──通常不到一分鐘；這讓泡茶成了日常生活中密合無縫的一部分。根據「英國茶葉協會」（United Kingdom Tea Council）的資料顯示，有百分之九十六的茶以茶包的形式消耗掉（茶包是美國人發明的），有百分之九十八的人會加牛奶，百分之四十五的人要加糖。英國居民平均每人每年要消耗二點三公斤的茶，美國只有零點二公斤；那份量相當於每天喝掉一億六千五百萬杯茶，一年六百二十億杯。大部分的茶都是在家裡喝的，但是即使在最簡陋的地方，還是可以喝到品質始終如一的茶，顯示這個飲茶的儀式有多麼重要。在英國，這個儀式很嚴格，有安撫人心的作用，而且幾乎是舉國皆然，但是卻完全沒有什麼特別精緻先進可言──除非你把燒水壺的科技也算進去。

大部分的英國人每天喝的茶都很濃烈，濃到讓美國人敬謝不敏（更別提那會謀殺掉多少花了大把鈔票才漂白的牙齒。）；這也說明了為什麼英國的牛奶有百分之二十五都是跟著茶一起喝掉的。如果英國人跟你說，這杯茶的咖啡因含量根

本微不足道；你千萬別相信。我搬到倫敦來的一、兩個月之後，突然覺得自己一定是恐慌症發作了，後來才知道：原來那只是對朋友和同事的慷慨來之不拒，造成了咖啡因過量所致。別人端給我的每一杯茶，我都喝掉了——如果不喝，好像很沒禮貌——結果一天可能喝了五到七杯，累積下來的效果就是心悸、手心出汗、緊張不安，等到我知道自己的上限之後，症狀就開始緩解了。

這倒也不是說我在美國都不喝茶。很多美國人也喝茶，而還從很小的時候就開始喝茶。但是根據「美國茶葉協會」（Tea Association of the USA）的資料顯示，有百分之八十五的茶都是喝冰的。這也跟我的經驗不謀而合；我從小在美國東南部長大，向來只喝冰茶。（熱茶絕對是當成藥水來喝，不過在天氣較冷的州，熱茶還是相當流行。）我們的家傳配方如下：

在爐子上燒開一壺熱水，把五包立頓茶包綁在一起，丟進水壺裡，讓它在壺裡浸泡大約五分鐘，直到茶湯都變成了深褐色，再將茶包拿出來。拆開一包五磅重的迪克西水晶砂糖（Dixie Crystals），直接倒進壺內，然後開始攪拌，直到砂糖無法在熱茶裡溶解為止。當茶湯的糖分達到飽和，砂糖就不會再溶解，而是沉澱在壺底，形成白白的一層糖。最後將茶倒在冰塊上，這時候的茶湯應該呈現像

是糖漿的黏稠狀。

　　如果你在梅森—狄克森線[4]（我稱之為迪克西水晶砂糖線）以南的餐廳點冰茶，服務生會問你：「要甜的，還是不甜的？」如果你點的是後者，立刻就會被認出你是外地人，可能是洋基佬。在北部和西部各州，所有的茶都是不甜的，除非你特別指明（不然就是買那種隨開隨喝的瓶裝或罐裝茶也是甜的，在二〇一二年的市占率已經達到百分之二十五，市值達四十八億美元，而且還在持續增加）。於是南方人會驚愕地發現：迪克西水晶砂糖不會在已經是冰的茶裡溶解，而是淒涼地沉在玻璃杯底。對某些南方人來說，他們的科學教育就只有到此為止了。

　　英國人並不會真的喝冰茶，因為裡面含有大量的外來物質：冰塊。美國人最喜歡抱怨說在英國各地的飲料裡都沒有冰塊，這樣的抱怨並非沒有根據。我曾經在倫敦帕爾大道上的一間時尚酒吧裡點了一杯琴湯尼調酒，杯子裡就只有兩個冰塊；

4　譯註：Mason-Dixon line，美國賓州與馬里蘭州之間的分界線，是1763年至1767年由英國測量家查理斯・梅森（Charles Mason）和英國測量家、天文學家傑里邁・狄克森（Jeremiah Dixon）共同勘測後確定。美國內戰期間成為南北軍的分界線。

甚至在梅菲爾區的公爵酒館裡最著名的馬丁尼調酒，也是靠放在冷凍庫裡冰鎮的琴酒達到冰涼的效果，而不是摻水加冰塊。我女兒在兩歲半時才到美國，看到送上來的水杯裡只有三分之一是飲料，另外三分之二都是冰塊；她把手伸進杯子裡，拿出一塊冰，問：「這是什麼？」唉，我養了一個外國人。

你可以在英國的星巴克點冰茶，但是如果在餐廳裡點冰茶的話，就可能會被視為怪咖。這倒也不是說你一定會被拒絕。有一次，我母親在我們最喜歡去的一家餐廳「英國小館」（Le Café Anglais）裡，不明就裡地點了一個菜單上沒有的冰茶；我的座位剛好面對吧檯，於是親眼看到吧檯內的工作人員泡了一壺他們店內的濃烈好茶，然後拿出一個調酒用的雪克杯，裝滿冰塊，將茶湯倒進去，搖一搖，試試口味，忍不住皺皺眉頭，最後再將混合好的成品送到我母親的面前——整個過程饒富趣味，又帶著一絲焦慮。她說味道還不錯，我相信這絕對比英國人在美國能夠喝到的茶都要好，因為在美國，即使是最好的飯店也只會在茶杯裡注入微熱的水，然後在茶杯旁邊的茶碟上，放上一個茶包——藉以確保這杯茶絕對不會泡到我們想要的濃度，引起顧客那種通常只有在小孩子無心犯錯時才會發作的無法壓抑的怒火。

在美國，講到「休息是為了走更遠的路」，傳統上都是指可口可樂。一般的美國人平均每年喝掉四百罐可口可樂，約為

英國人的兩倍；至於熱飲的選擇，從美國大革命時代以來，就一直以咖啡為首選。波士頓茶黨（Boston Tea Party）事件——在這個一七七三年發生的抗議行動中，殖民地的美國人摧毀了英國東印度公司（British East India Company）的好幾箱茶葉——是殖民地人民覺悟要脫離祖國的最高潮；不久之後，美國人就為了爭取自由，打了一場血流成河的戰爭。不管在此之前他們有多愛喝茶，茶都已經被視為壓迫者的飲品，唯有咖啡才是新生代愛國人士的選擇，至今依然如此。去問問紅十字會就知道了；他們在急難救災時的官方政策，就是提供急難受害者一杯熱飲來安撫災民的情緒，在美國一定是咖啡，在英國則是茶。

所以，傑若米・德勒認定茶是「英倫魔幻」展出中不可或缺的一個元素，值得讓人大驚小怪嗎？不過，當他被問到在展覽中加入茶室是否為了強化這樣的文化刻板印象時，他卻矢口否認：「呃，中國人愛喝茶，義大利人也愛喝茶……可是那並不是什麼藝術作品。這沒有什麼藝術可言。就只是一個可以坐下來休息的地方，你懂嗎？」

Way Out
出口／出路

為了這個字，莫爾家族來到了一個迷人的地方

然後就留在那裡

對新來乍到的人或是觀光客來說，有些英國的道路標誌看起來可能會很詭異。沒錯，我們確實要「小心縫隙」（MIND THE GAP），因為他們是很認真地提醒你要小心貨真價實的縫隙——倫敦地鐵的某些車站裡，車廂與月台之間的縫隙大到可以讓一家人全都掉進去，或者至少是不合腳的鞋子或是沒有拿好的皮包。可是「駝背斑馬路」（HUMPED ZEBRA CROSSING）聽起來就像是動物園裡的基因實驗出了什麼可怕的差錯。（實際上，那只是行人優先的通道，上面設了沉睡的警察——也就是眾所皆知的路面突起，提醒車輛減速慢行。）

有些標誌甚至可能讓你開始思考起自己的人生，端視你第一次看到的時候心情如何。我跟湯姆快要結婚前的幾個月，看到了一個路標上面寫著：「前方優先順序改變」（CHANGED

PRIORITIES AHEAD），簡直就是我們過去交往這十五年來的試金石。（不過我們始終不知道這句話跟當天牛津市區有道路施工之間，究竟有什麼關聯。）

我第一次到英國時還是個學生，不管走到哪裡，都看到有個標誌寫著「WAY OUT」，讓我著迷不已——其實，那只是英國版的「出口」，美國人稱之為「EXIT」。當時，我剛到一個陌生的國度，準備要在這裡過一整年，一個人也不認識，也完全沒有人認識我；在那當下，這兩個字對我產生了完全無關上下文的奇特意義：英國似乎就是我的「出路」——多麼怪異，卻又令人感到振奮啊！這裡的一切都很新鮮，沒有什麼可以視為理所當然。過了一陣子之後，這些路標似乎就不再陌生，但是我自己卻仍然是陌生人。我始終都被誤認為是觀光客，不斷有人問我要在這裡待多久，或者說他們真正想要問的是：我什麼時候要「回家」。這似乎還一度成了困擾。

搬到倫敦定居之後有一、兩年的時間，我都還覺得自己是不是做錯了：放棄了我們在紐約的生活和穩定的朋友關係，來到一個可能永遠都是陌生人的地方，追求不確定的人生。在我離開美國之前，我從未意識到自己是多麼的美國化——我說的每一個字，我的態度，我的習慣——也從未想過光是共通的語言並不足以彌補英美兩國文化之間的縫隙。有一段時間，我甚至覺得這個縫隙大到足以讓我在裡面迷路。直到我辭掉了紐約

的工作，完全投入在倫敦的生活之後，我才開始有了這裡也可以是家的感覺；也認識了一些朋友，他們願意接受我們之間的差異，並且覺得這樣的差異很豐富也很有趣，這才讓一條離開水的魚可以重新開始呼吸。

現在，偶爾回到美國，我總是很開心，但是卻也無法忽視自己在出國多年之後回到祖國反而感到陌生的感覺。紐約瘋狂的生活節奏太過刺激，讓我整夜都無法入眠，心裡想著我是不是應該去健身房，或是去酒吧，或是在大半夜裡去修腳指甲——只因為我可以；相形之下，枝葉繁茂、綠意盎然的倫敦總是讓人昏昏欲睡。在我們家人住的那個郊區，車子、商店和房子好像都巨大而笨重；有個朋友在郊區的「寒舍」，就跟我們在家經常會去的一家雜貨店一樣大。話雖如此，有機會跟朋友、家人敘舊重聚，還是讓我感到自在，過了幾天，也就適應了。現在反倒是回到英國，反而沒有適應上的困擾，可以無縫接軌。

我們女兒剛出生時，我跟我先生都很迫切地想要讓她同時體驗兩種不同的文化，只不過我們當時還沒有意識到，我們的孩子根本就不會覺得自己是美國人，她也不會覺得英國是一個不同的文化，有不同的體驗，因為她從一出生就只知道這個文化。每當有美國朋友或家人問我們在「國外」的生活如何，或是當我們想到以後可能會回家時，她總是感到百惑不解，因為

安妮已經在家了——她有她的英國護照、她的英國口音、她的學校制服，還在一棟喬治時期的建築物頂樓有她自己的房間。

我跟湯姆兩個人搬到英國來時，好像都沒有什麼道理，就只是我們真的——就像英國人說的——「想要試試看」（make a go of it）。可是當我們選擇留下來，選擇要組織一個家庭，一切都覺得是如此地合情合理。我愈來愈覺得：家，就是我丈夫和小孩所在的地方——還有就是有人愛我們、歡迎我們的地方。家，不是某個國家；家，是其他的人。家，沒有國界，我們也不需要護照才能回家。這裡沒有什麼撤退方案，也沒有出口。我們大可以搬到任何一個想要住的地方，但是，我們喜歡這裡。

謝詞

　　我欠了琳恩‧特魯斯（Lynne Truss）和喬治‧盧卡斯（George Lucas）一個大人情，他們相信我，也給了我很多啟發；謝謝Charlie Conrad委託我執行了這個計畫、給我寶貴的建議也和我分享他的經驗；謝謝William Shinker當我的良師益友，給了我無數的機會，包括撰寫這本書。

　　感謝眾多朋友給我的支持和鼓勵，包括：Benjamin Abel、Catherine Blyth、Dan Bobby、Noel Bramley、Daniela Burnham、Lisa Gladwell Calhoun、Erin Delaney、Kathryne Alfred Del Sesto、Paul Dougherty、Jessica Johnson Downer、Leslie Eckel、Maggie Elliot、Dominique Garcia、Anthony Goff、Ellen Goodman、Amy Grace、Anne 和 Peter Hatinen 夫妻、Alex Helfrecht、Steven Hill、Trish Hope、Catherine Ingman、Rachel Kahan、Sterling 和 Jon Lanken 夫妻、Sara Lodge、Bristol Maryott、Doug Miller、Peter Morris、Carole Murray、Ashley Green Myers、Helen Madeo Niblock、Charlotte

Nicklas、Elizabeth 和 Michael Psaltis 夫妻、Jenna 和 Arvind Rajpal 夫妻、Lizzie Reumont、Kathy Richards、Erica Arnesen Roane、Alastair Roberts、Shelagh Rotta、Ann 和 Peter Rothschild 夫妻、Fiona Saunders、Michael Sellman、Andrew Shore、Rhian Stephenson、Jörg Tittel、Lucia Watson、Mike Weeks、Crystal Weiss、Hannah Wunsch 以及 Gina Zimmerman。

　　謝謝我的父母，琳恩（Lynne）和艾倫・布希（Alan Bush），謝謝他們放手讓我走，以及不求回報的愛；謝謝芭芭拉（Barbara）和安德魯・莫爾（Andrew Moore），還有他們那邊英裔美籍的親戚們，他們都將我視如己出；謝謝 Marie-Laure Fleury，她在我們家中的關照和愛護讓我有寫作的空間；將這本書獻給我奶奶，雖然她永遠不會看到這本書；也給我親愛的安（Anne）和亨利（Henry），他們會讀到這本書的。最後，致上我的愛給湯姆・莫爾（Tom Moore），他讓我們曾一起夢想過的每一件事似乎都不只是夢想而已。

參考書目

書籍

Amberg, Julie S., and Deborah J. Vause. *American English: History, Structure, and Usage.* Cambridge: Cambridge University Press, 2009.

Askwith, Richard. *Feet in the Clouds: The Classic Tale of Fell Running and Obsession.* London: Aurum Press, (reissue) 2013.

Austen, Jane. *Emma.* New York: Penguin Classics, 2010.

___. *Pride and Prejudice.* New York: Penguin Classics, 2009.

Bailey, Richard W. *Speaking American: A History of English in the United States.* Oxford: Oxford University Press, 2012.

Baron, Dennis E. *Grammar and Good Taste: Reforming the American Language.* New Haven: Yale University Press, 1982.

Bickerton, Anthea. *American English, English American: A Two-Way Glossary of Words in Daily Use on Both Sides of the Atlantic.* Bristol: Abson Books, 1973.

Bolton, W. F., and David Crystal, eds., *The English Language, Volume 1: Essays by English and American Men of Letters 1490-1839.* Cambridge: Cambridge University Press, 1966.

___. *The English Language, Volume 2: Essays by English and American Men of Letters 1490-1839.* Cambridge: Cambridge University Press, 1969.

Bradley, Ian, ed., *The Complete Annotated Gilbert and Sullivan.* Oxford: Oxford University Press, 2006.

Bragg, Melvyn. *The Adventure of English: 500 AD to 2000, The Biography of a Language.* London: Hodder & Stoughton, 2003.

Brown, Penelope, and Stephen C. Levinson. *Politeness: Some Universals in Language Usage.* Cambridge: Cambridge University Press, 1987.

Carey, Gordon Vero. *American into English: A Handbook for Translators.* London: William Heinemann, 1953.

Clark, Alan. *Diaries.* London: Weidenfeld & Nicolson, 1993.

Cooke, Alistair. *Letter from America.* London: Penguin, 2007.

Crystal, David. *The Story of English in 100 Words.* London: Profile Books, 2011.

Deutscher, Guy. *Through the Language Glass: How Words Colour Your World.* London: William Heinemann, 2010.

Dickens, Charles. *A Christmas Carol and Other Christmas Writings.* London: Penguin Classics, 2003.

___. *American Notes.* London: Granville Publishing, 1985. Originally published by Chapman and Hall in the complete works of Dickens, 1892.

Dohan, Mary Helen. *Our Own Words.* Baltimore: Penguin, 1975.

Fellowes, Julian. *Snobs.* London: Phoenix, 2012.

Fiske, Robert Hartwell. *The Dictionary of Disagreeable English: A Curmudgeon's Compendium of Excruciatingly Correct Grammar.* New York: Writer's Digest Books, 2004.

Fox, Kate. *Watching the English: The Hidden Rules of English Behaviour.* London: Hodder & Stoughton, 2004.

Fowler, H. W., and F. G. Fowler. *The King's English.* Oxford: Clarendon Press, 1924.

Gill, A. A. *The Angry Island: Hunting the English.* London: Weidenfeld and Nicolson, 2005.

Gladwell, Malcolm. *David and Goliath: Underdogs, Misfits, and the Art of Battling Giants.* New York: Little, Brown, 2013.

Gorham, Maurice. *The Local.* London: Little Toller Books, 2010.

Haydon, Peter. *The English Pub: A History.* London: Robert Hale, 1994.

Hendrickson, Robert. *Yankee Talk: A Dictionary of New England Expressions.* New York: Facts on File, 1996.

Hitchings, Henry. *The Language Wars: A History of Proper English.* London: John Murray, 2011.

Humphrys, John. *Lost for Words: The Mangling and Manipulating of the English Language.* London: Hodder & Stoughton, 2005.

Hutton, Robert. *Romps, Tots and Boffins: The Strange Language of News.* London: Elliott and Thompson, 2013.

James, Lawrence. *The Middle Class: A History.* London: Little, Brown, 2006.

Krapp, George Philip. *The English Language in America, Volume One.* New York: The Modern Language Association of America, 1925.

Le Faye, Deirdre, ed. *Jane Austen's Letters*. London: Oxford University Press, 2003.

Lyall, Sarah. *A Field Guide to the British*. London: Quercus, 2008.

Mathews, Mitford M. *Americanisms: A Dictionary of Selected Americanisms on Historical Principles*. Chicago, University of Chicago Press, 1966.

McWhorter, John. *Our Magnificent Bastard Tongue: The Untold History of English*. New York: Gotham Books, 2008.

Mencken, H. L. *The American Language: An Inquiry into the Development of English in the United States, the Fourth Edition and the Two Supplements,* abridged, with annotations and new material by Raven I. McDavid, Jr. with the assistance of David W. Maurer. New York: Alfred A. Knopf, 1963.

Metcalf, Allan *OK: The Improbable Story of America's Greatest Word*. New York: Oxford University Press, 2011.

Michaels, Leonard, and Christopher Ricks, eds. *The State of the Language*. Berkeley: University of California Press, 1980. M. F. K. Fisher's "As the Lingo Languishes" pages 267-76.

Mussey, Barrows, ed. *Yankee Life by Those Who Lived It: The Essence of Old New England Captured from the Writings of the People Who Created It*. New York: Alfred A. Knopf, 1947.

Partridge, Eric, and John W. Clark. *British and American English Since 1900*. London: Andrew Dakers, 1951.

Petrow, Steven, with Sally Chew. *Complete Gay and Lesbian Manners: The Definitive Guide to LGBT Life*. New York: Workman, 2011.

Quinn, Jim. *American Tongue and Cheek: A Populist Guide to Our Language*. New York: Pantheon, 1980.

Scott, William Rufus. *The Itching Palm: A Study of the Habit of Tipping in America*. Philadelphia: The Penn Publishing Company, 1916.

Smith, Jeremy. *Bum Bags and Fanny Packs: A British-American American-British Dictionary*. New York: Carroll & Graff, 2006.

Thody, Philip. *Don't Do It! A Dictionary of the Forbidden*. London: Athlone Press, 1997.

Trollope, Francis. *Domestic Manners of the Americans*. London, Penguin, 1997. First published in 1832.

Walmsley, Jane. *Brit-Think, Ameri-Think: A Transatlantic Survival Guide*, second revised edition. New York: Penguin, 2003.

Walpole, Hugh. *Portrait of a Man with Red Hair: A Romantic Macabre*. London: Macmillan, 1925.

Waugh, Auberon. *Will This Do? The First Fifty Years of Auberon Waugh: An Autobiography*. London: Century, 1991.

Waugh, Evelyn. *The Complete Stories of Evelyn Waugh*. New York: Little, Brown, 1998.

Webster, Noah. *A Collection of Essays and Fugitiv Writings on Moral, Historical, Political and Literary Subjects*. Boston: I. Thomas and E. T. Andrews, 1790.

___. *A Compendious Dictionary of the English Language*. 1806.

___. *An American Dictionary of the English Language*. New Haven: published by the author, 1841.

___. *American Spelling Book*. London: Applewood Books, reprint edition

1999.

Weekley, Ernest. *The English Language, with a Chapter on the History of American English by John W. Clark.* London: A. Deutsch, 1952.

Wild, J. Henry. *Glimpses of the American Language and Civilization.* Bern: A. Francke, 1945.

Young, Toby. *How To Lose Friends and Alienate People.* London: Little, Brown, 2001.

Yule, Henry, and A. C. Burnell *Hobson-Jobson: The Definitive Glossary of British India, A Selected Edition.* Edited by Kate Teltscher. Oxford: Oxford University Press, 2013.

部落格

Dixon, Thomas. "The History of Emotions Blog." http://emotionsblog. history.qmul.ac.uk/.

Fogarty, Mignon. "Grammar Girl's Quick and Dirty Tips," http://www. quickanddirtytips.com/grammar-girl.

Liberman, Mark. "Language Log." http://languagelog.ldc.upenn.edu/nll/.

Martin, Gary. "The Phrase Finder." http://www.phrases.org.uk.

Monroe, Jack. "A Girl Called Jack." http://agirlcalledjack.com. Murphy, Lynne. "Separated by a Common Language." http://separatedbyacommonlanguage.blogspot.co.uk.

Wicks, Kevin, ed. BBC America's "Mind the Gap: A Brit's Guide to Surviving America." http://www.bbcamerica.com/mind-the-gap.

Yagoda, Ben. "Not One-Off Britishisms." http://britishisms.word press.com.

期刊雜誌

Daily Express

The Daily Mail

The Economist

The Financial Times

The Guardian

HELLO!

National Journal

The New Yorker

The New York Times

Stylist

Telegraph

Vogue

網站

BBC Archive's first-person accounts of life in WWII: http://www.bbc.co.uk/history/ww2peopleswar/stories/92/a1110592.shtml. BBC Lab UK's Great British Class Survey: https://ssl.bbc.co.uk/labuk/experiments/class.

Debrett's: http://www.debretts.com.

Macmillan Dictionary: www.macmillandictionary.com. Ordnance Survey: www.ordnancesurvey.co.uk.

Oxford English Dictionary: www.oed.com. Urban Dictionary: www.urbandictionary.com. World Wide Words: www.worldwidewords.org.

臉譜書房

這不是英語：從語言看英美文化差異的第一手觀察誌
That's Not English: Britishisms, Americanisms, and What Our English Says About Us

作　　者	艾琳‧莫爾 Erin Moore
譯　　者	劉泗翰
書封設計	廖　韡
總 經 理	陳逸瑛
總 編 輯	劉麗真
業　　務	陳紫晴
行銷企畫	陳彩玉
特約編輯	林欣璇
發 行 人	涂玉雲
出　　版	臉譜出版 臺北市中山區民生東路二段141號5樓 02-25007696
發　　行	城邦文化事業股份有限公司 英屬蓋曼群島商家庭傳媒股份有限公司城邦分公司 臺北市民生東路二段141號11樓 讀者服務專線：02-25007718；02-25007719 服務時間：週一至週五9:30～12:00；13:30～17:30 24小時傳真服務：02-25001990；02-25001991 讀者服務信箱E-mail：service@readingclub.com.tw 劃撥帳號：19863813 書虫股份有限公司 城邦網址：http://www.cite.com.tw 臉譜推理星空網址：http://www.faces.com.tw
香港發行	城邦（香港）出版集團 香港灣仔駱克道193號東超商業中心1樓 電話：852-28778606／傳真：852-25789337 email：hkcite@biznetvigator.com
馬新發行	城邦（馬新）出版集團 Cite (M) Sdn. Bhd. (458372 U) 11, Jalan 30D/146, Desa Tasik, Sungai Besi, 57000 Kuala Lumpur, Malaysia 電話：603-90563833／傳真：603-90562833 email：citekl@cite.com.tw
二版一刷	2022年9月 版權所有，翻印必究（Printed in Taiwan）
I S B N	978-626-315-172-7 定價360元 （本書如有缺頁、破損、倒裝，請寄回本社更換）

城邦讀書花園
www.cite.com.tw

國家圖書館出版品預行編目資料

這不是英語：從語言看英美文化差異的第一
手觀察誌／艾琳‧莫爾（Erin Moore）著；劉
泗翰譯. -- 二版. -- 臺北市：臉譜出版：家
庭傳媒城邦分公司發行, 2022.09
　　面；　公分. --（臉譜書房）
譯自：That's Not English
ISBN　978-626-315-172-7（平裝）

1.英語　2.語言學習
805.1　　　　　　　　　　111011137